LAS VENCEDORAS

Laetitia Colombani

LAS VENCEDORAS

Traducción del francés de
José Antonio Soriano Marco

narrativa
salamandra

Título original: *Les victorieuses*
Primera edición: marzo de 2020

© 2019, Éditions Grasset & Fasquelle
© 2020, Penguin Random House Grupo Editorial, S. A. U.
Travessera de Gràcia, 47-49, 08021 Barcelona
© 2020, José Antonio Soriano Marco, por la traducción

Printed in Spain – Impreso en España

ISBN: 978-84-9838-989-0
Depósito legal: B-1.660-2020

Impreso en Liberdúplex, S.L.
Sant Llorenç d'Hortons, Barcelona

SM89890

Penguin
Random House
Grupo Editorial

A mi madre

A mi hija

A todas las mujeres del palacio

Mientras haya mujeres que lloren, lucharé.
Mientras haya niños que pasen hambre y frío, lucharé. [...]
Mientras en la calle haya una chica que se venda, lucharé. [...]
Lucharé, lucharé y lucharé.

WILLIAM BOOTH

Una cosa es segura: los muertos siguen presentes en los lugares en los que vivieron, como si, por un fenómeno de filtración, su recuerdo impregnara el suelo.

SYLVAIN TESSON,
Une très légère oscillation

El suelo está helado.
Es lo que me viene a la mente mientras aguardo
con los brazos en cruz y la frente en la piedra.
Hoy elijo este lugar como morada eterna.
Pronuncio mis votos perpetuos. Es mi elección.
Entre estas paredes pasaré toda la vida.
He querido abandonar el mundo para habitarlo
     mejor.
Estoy lejos de él y, al mismo tiempo, en su corazón.

Me siento mejor aquí que en las animadas calles
     que me rodean.
En este claustro, donde se ha detenido el tiempo,
cierro los ojos y rezo.

Rezo por quienes necesitan que lo haga,
por aquellos a quienes la vida ha herido,
maltratado, dejado en la cuneta.
Rezo por quienes pasan hambre y frío,
por quienes han perdido la esperanza y las ganas.
Rezo por quienes ya no tienen nada.

Mi plegaria se eleva entre las piedras
en el jardín, en el huerto,
en esta capilla, helada en invierno,
en mi celda diminuta.

Vosotros, que pasáis por este mundo,
seguid con vuestros cantos y vuestras rondas.
Yo estoy aquí, en el silencio y las sombras,
y rezo para que, en medio de la agitación y el ruido,
si llegarais a caer, Dios no lo quiera,
una mano suave y fuerte hacia vosotros se extienda,
una mano amiga,
que os coja y os levante
y os devuelva sin juzgaros
al gran torbellino de la vida,
en el que seguiréis danzando.

Monja anónima
del convento de las Hijas de la Cruz,
siglo XIX

1

Ha sucedido en un visto y no visto. Solène salía con Arthur Saint-Clair de la sala del tribunal. Estaba a punto de decirle que no entendía la decisión del juez ni la severidad de la condena. No le ha dado tiempo.

Saint-Clair ha corrido hacia el antepecho de cristal y ha pasado al otro lado.

Después ha saltado desde la galería de la sexta planta del palacio.

Durante unos instantes que han durado una eternidad, su cuerpo ha permanecido suspendido en el vacío. Luego se ha estrellado contra el suelo veinticinco metros más abajo.

Solène no se acuerda del resto. Las imágenes se le aparecen desordenadas, como a cámara lenta. Seguramente habrá gritado, antes de desmayarse.

Se ha despertado en una habitación de paredes blancas.

El médico ha pronunciado esta palabra: *burnout*. Al principio, Solène se ha preguntado si hablaba de ella o de su cliente. Luego, las piezas han empezado a encajar.

Hacía mucho tiempo que conocía a Arthur Saint-Clair, un influyente hombre de negocios acusado de fraude fiscal. Lo sabía todo sobre su vida: matrimonios, divorcios, amantes, las pensiones alimenticias que pasaba a sus ex mujeres y sus hijos, los regalos que les traía de sus viajes al extranjero... Había estado en su villa de Sainte-Maxime, en sus lujosas oficinas y en su magnífico piso del distrito séptimo de París. Había escuchado sus confidencias y sus secretos. Había dedicado meses a preparar la vista oral sin dejar nada al azar, sacrificando sus noches, sus vacaciones, sus días de fiesta. Era una abogada excelente, trabajadora, perfeccionista, concienzuda. En el prestigioso bufete para el que trabajaba, todos valoraban sus cualidades. Pero las contingencias judiciales existen, todo el mundo lo sabe. Y Solène no se esperaba semejante sentencia. El juez había condenado a su cliente a prisión y a asumir millones de euros en indemnizaciones e intereses. Toda una vida pagando. El deshonor, la reprobación de la sociedad. Saint-Clair no lo había soportado.

Había preferido arrojarse al vacío del inmenso patio interior del nuevo Palacio de Justicia de París.

Los arquitectos pensaron en todo menos en eso. Diseñaron un edificio elegante de líneas perfectas, un «palacio de cristal y luz». Idearon fachadas altamente resistentes en previsión de atentados, instalaron arcos de seguridad, equipos de control en las entradas, cámaras... El palacio está lleno de puntos de detección de intrusiones, puertas con apertura electrónica, interfonos y pantallas de última generación. Pero en sus planos, los arquitectos sencillamente olvidaron que la justicia la imparten seres humanos a otros seres humanos a veces desesperados. Las salas de vistas están repartidas en seis plantas que se elevan alrededor de un patio de cinco mil metros cuadrados bajo un techo situado a veintiocho de altura. Un espacio que puede dar vértigo. Y malas ideas a quienes acaben de ser condenados.

En las cárceles se multiplican las medidas de seguridad para prevenir el riesgo de suicidios. Aquí no. Las galerías están protegidas por simples antepechos. A Saint-Clair le bastó con dar unos pasos, pasar por encima de uno de ellos y saltar.

La imagen atormenta a Solène, que no puede olvidarla. Vuelve a ver el cuerpo de su cliente, descoyuntado sobre las losas de mármol del edificio. Piensa en su familia, en sus hijos, sus amigos, sus empleados. Es la última que habló con él, que estuvo sentada a su lado. Se siente culpable. ¿En qué se equivocó? ¿Qué habría podido hacer o decir? ¿Habría podido prever, imaginarse lo peor? Conocía la personalidad de Arthur Saint-Clair, pero su acto sigue siendo un misterio. Solène no percibió en él la desesperación, el desmoronamiento, la bomba a punto de estallar.

El impacto emocional ha provocado una hecatombe en su vida. Con consecuencias devastadoras. En la habitación de paredes blancas, se pasa los días enteros con las cortinas corridas, sin poder levantarse. La luz le resulta insoportable. El menor movimiento le parece sobrehumano. Recibe flores del bufete y mensajes de apoyo de sus compañeros, pero ni siquiera es capaz de leerlos. Está inutilizada, como un coche sin combustible al borde de la carretera. Inservible, el año en que ha cumplido los cuarenta.

Burnout. La palabra inglesa parece más suave, más moderna. Suena mejor que «depresión». Al principio, Solène no se lo cree. No es ella, no va con ella. Ella no se parece en nada a esos individuos frágiles cuyos testimonios llenan las páginas de las revistas. Ella siempre ha sido una mujer fuerte, activa, en movimiento constante. Perfectamente equilibrada, o eso creía.

«El desgaste profesional es una dolencia frecuente», le dice el psiquiatra con voz tranquila y pausada. Emplea terminología especializada, como «serotonina», «dopamina», «noradrenalina», que Solène oye sin entender del todo, y denominaciones de todo tipo: «ansiolíticos», «benzodiacepinas», «antidepresivos»... Le receta unas pastillas que debe tomarse por la noche para dormir y otras por la mañana para levantarse. Comprimidos que la ayudarán a vivir.

Sin embargo, todo había empezado bien. Nacida en un barrio acomodado de las afueras, Solène es una niña inteligente, sensible y aplicada, para la que se hacen grandes planes. Crece junto a sus padres, ambos profesores de Derecho, y su hermana menor. Acaba los estudios sin tropiezos, ingresa en el Colegio de Abogados de París a los veintidós años y consigue un puesto como colaboradora en un bufete prestigioso. Hasta aquí, nada de particular. Por supuesto, está el exceso de trabajo, los fines de semana, noches y vacaciones dedicados a los casos, la falta de sueño, la preparación de los juicios, las citas, las reuniones... La vida, como un tren lanzado a gran velocidad que no se puede parar. Por supuesto, también está Jérémy, que le gusta más que ningún otro y al que no consigue olvidar. Jérémy no quería hijos ni compromisos. Se lo había dicho, y a ella le convenía. No era de esas mujeres que sueñan con la maternidad. No se veía como una de esas madres jóvenes con las que se cruzaba en la acera empujando un cochecito con los brazos cansados. Eso se lo dejaba a su hermana, que parecía sentirse satisfecha con su papel de madre y ama de casa. Solène valoraba mucho su libertad, al menos eso era lo que decía. Jérémy y ella vivían cada uno por su lado. Eran una pareja moderna, enamorada pero independiente.

Solène no vio venir la ruptura. Fue un aterrizaje forzoso.

Al cabo de unas semanas de tratamiento, consigue salir de la habitación de paredes blancas para dar un paseo por el parque. Sentado junto a ella en el banco, el psiquiatra la felicita por sus progresos, como quien anima a un niño. Pronto podrá volver a su casa, le dice, a condición de que continúe con el tratamiento. Solène recibe la noticia sin alegría. No tiene ganas de verse sola en su piso sin un objetivo, sin un proyecto.

Sí, vive en un buen barrio, en un piso elegante de tres habitaciones, pero ella lo encuentra frío, demasiado grande. En los armarios hay un jersey de cachemira, uno que Jérémy se olvidó y que ella se pone en secreto, y bolsas de patatas fritas, de esas que tanto le gustaban a él y que Solène sigue comprando en el supermercado sin saber por qué. Ella no come patatas fritas. Le irritaba que hiciera ruido con la bolsa mientras veían películas o algún programa de televisión. Ahora daría lo que fuera por oírlo una vez más. El ruido de las patatas fritas de Jérémy, a su lado, en el sofá.

No volverá al bufete. No es por mala fe. La mera idea de cruzar la puerta del Palacio de Justicia le revuelve el estómago. Durante mucho tiempo incluso evitará el barrio. Va a dimitir, «a descolegiarse», como suele decirse de forma más suave, porque implica que existe la posibilidad de volver. Aunque volver queda fuera de discusión.

Solène le confiesa al psiquiatra que teme abandonar la clínica. No se imagina una vida sin trabajo, sin horarios, sin reuniones, sin obligaciones. Sin ataduras, teme ir a la deriva.

—Haga algo por los demás —le sugiere él—. ¿Por qué no trabaja como voluntaria?

Solène no se esperaba una respuesta así.

18

—La crisis que atraviesa es una «crisis vital» —añade el psiquiatra—. Necesita salir de sí misma, volverse hacia los demás, encontrar un motivo para levantarse por las mañanas. Sentirse útil para algo o para alguien.

Pastillas y voluntariado. ¿Eso es todo lo que puede ofrecerle? ¿Once años estudiando Medicina para eso? Solène está desconcertada. No tiene nada contra la acción humanitaria, pero no se siente una madre Teresa. No ve a quién podría ayudar en su estado, que apenas le permite salir de la cama.

Pero él parece convencido.

—Inténtelo —insiste mientras firma el parte de alta.

Ya en casa, se pasa el día durmiendo en el sofá y hojeando revistas que enseguida se arrepiente de haber comprado. Las llamadas y las visitas de sus amigos y familiares no consiguen arrancarle la tristeza que siente. No le apetece hacer nada, ni siquiera hablar. Todo le molesta. Deambula por el piso sin rumbo, de la cama al salón. De vez en cuando baja a la tienda de la esquina a por algo de comida y entra en la farmacia a por más pastillas, antes de regresar a casa para echarse de nuevo en el sofá.

Una tarde libre —como lo son todas ahora—, Solène se sienta delante del ordenador, un MacBook de última generación que le regalaron sus compañeros al cumplir los cuarenta, justo antes del *burnout*, y que apenas ha utilizado. Voluntariado... ¿Y por qué no? El buscador la dirige a una web del Ayuntamiento de París que reúne los anuncios que publican las asociaciones: *jemengage.paris.fr*. El nombre del sitio, «Yo me comprometo», la sorprende. «¡El compromiso, a un clic!», clama la página de inicio. Te hacen un montón de preguntas: ¿En qué quieres ayudar? ¿Cuándo? ¿Cómo? Solène no tiene la menor idea. Un menú desplegable le ofrece distintas posibilidades de colaboración: impartir talleres de alfabetización para personas sin estudios, visitar a domicilio a enfermos de alzhéimer, repartir en bicicleta alimentos donados, hacer rondas nocturnas para ayudar a los sin techo, dar apoyo a hogares sobreendeudados, ofrecer ayuda escolar a familias desfavorecidas, mediar en discusiones entre ciudadanos, salvar animales en peligro, ayudar a personas exiliadas, apadrinar parados de larga duración, ser tutor de estudiantes de instituto discapacitados, hacer de operador telefónico para SOS Amitié, formar en primeros auxilios... Se puede ser incluso «ángel de la guarda». Solène sonríe y se pregunta dónde se habrá metido el suyo. Debe de haber volado un poco más lejos de la cuenta y haberse perdido. Desanimada por la abundancia de anuncios, abandona la búsqueda. Todas son causas nobles que merecen ser defendidas. La necesidad de elegir la paraliza.

Todo lo que piden las asociaciones es tiempo. Sin duda, lo más difícil de dar en una sociedad en la que cada segundo cuenta. Regalar tiempo es comprometerte de verdad. Y Solène tiene tiempo, pero también una falta de energía lastimosa. No se siente capaz de dar el paso. Es una actividad que exige demasiado, que requiere mucha dedicación. Prefiere dar dinero, es menos comprometido.

En el fondo se siente una cobarde por renunciar. Va a cerrar el MacBook y volver al sofá. Dormir otra hora, un mes, un año. Atontarse a base de pastillas para dejar de pensar.

Sin embargo, en ese momento lo ve. Un anuncio muy breve abajo del todo. Unas cuantas palabras en las que no se había fijado.

2

«Voluntariado de escribiente público. Póngase en contacto con nosotros.»

Al leer el anuncio, Solène siente un estremecimiento extraño. «Escribir.» Una simple palabra, y todo vuelve.

Ser abogada no era su vocación. De niña tenía una imaginación desbordante. Durante la adolescencia mostró muchas aptitudes para el francés. Sus profesores coincidían en que tenía talento. Emborronaba cuadernos con poemas e historias, que no se cansaba de inventar. Soñaba en secreto con ser escritora. Se veía sentada ante un escritorio a lo largo de toda la vida, con un gato en las rodillas, como Colette, en una «habitación propia», igual que Virginia Woolf.

Cuando les reveló sus planes, sus padres se mostraron más que reticentes. Profesores de Derecho, ambos veían con desconfianza cualquier vocación artística, perteneciente a esa senda apartada, desconocida, alejada de los caminos trillados. Había que elegir una profesión seria, reconocida por la sociedad. Eso era lo importante.

Una profesión seria. Aunque no te hiciera feliz.

—Los libros no dan dinero —le dijo su padre—. A menos que seas Hemingway, pero eso...

Dejó la frase en suspenso. Solène comprendió lo que significaba ese silencio. Significaba «depende». Depende de tu talento. Y también depende de los demás. Depende de muchas cosas que no controlamos y que nos asustan. Quería decir: «Déjalo estar. Ni lo sueñes.»

—Es mejor que hagas Derecho —le sugirió—. Siempre puedes escribir para ti.

Así que Solène dejó a un lado sus esperanzas, el gato en las rodillas y las novelas de Virginia Woolf. Volvió al redil, como un corderito bueno. Querían una hija abogada... Se amoldaría a sus deseos, seguiría el plan de sus padres en vez del suyo.

—El Derecho lleva a todas partes —añadió su madre.

Mentía. El Derecho no lleva a ningún sitio. Te reenvía a ti mismo. A Solène la ha llevado a esa habitación de paredes blancas en la que intenta olvidar los años que le dedicó. Cuando sus padres van a visitarla al sanatorio, le confiesan que no entienden lo que le pasa.

—Lo tienes todo —dicen—, un puesto en un bufete prestigioso, un piso precioso...

¿Y?, piensa Solène con amargura. Su vida es como una de esas viviendas piloto que se enseñan a la gente.

Son bonitas, pero les falta lo esencial: no están habitadas. Recuerda una cita de Marilyn Monroe que la marcó: «Una carrera está bien, pero no es lo que te calienta los pies por la noche.» Solène tiene los pies helados. Y el corazón también.

Olvidar sus sueños de niña es fácil: basta con dejar de pensar en ellos, con cubrirlos con un velo, como quien cubre con sábanas los muebles de una casa que se dispone a abandonar. En sus inicios en el bufete, Solène sigue escribiendo, aprovechando cada momento de libertad que le dejan sus tareas de colaboradora. Pero los textos se espacian. Las palabras ya no encuentran un hueco en su agenda sobrecargada. La abogacía es exigente; Solène, también. El trabajo empieza a comerse sus días libres, sus vacaciones, sus fines de semana, sus noches. Como un monstruo impasible al que no puede saciar, devora sus salidas con los amigos, sus aficiones. Y también sus amores. Tiene aventuras, pero sus amantes acaban tirando la toalla cuando comprenden que no están a la altura del reto. Las noches que pasa trabajando, las cenas que cancela por urgencias del bufete, las vacaciones que anula en el último minuto acaban con todas sus relaciones. Pero Solène sigue adelante a marchas forzadas. Sin tiempo para sufrir, sin tiempo para llorar.

Hasta que llega Jérémy.

Un abogado atractivo, culto, divertido, al que conoció durante las elecciones a la presidencia del Colegio de Abogados de París. Ejercían la misma profesión, lo que tranquilizaba a Solène. Jérémy la entendía, tenía las mismas prioridades, pensaba ella.

24

Aunque hubo una amiga que la previno: «En una pareja de abogados, sobra uno.» Tenía razón. Jérémy la dejó por una mujer menos brillante pero más disponible a la que conoció durante una cena a la que Solène, ocupada con un caso, no pudo acudir.

«Escribiente público»: escribir, escribir para el público, es una idea potente. Una bomba de efecto retardado. Solène se queda un buen rato ante el texto del anuncio. Un enlace la dirige a la web de una asociación: Pluma Solidaria. En la página de inicio se describe la tarea: «Como profesional de la comunicación escrita, responde a las peticiones de ayuda para redactar. Éstas pueden ser de naturaleza diversa y estar relacionadas tanto con cartas personales como con comunicaciones administrativas. Competencias requeridas: polivalencia, dominio de las reglas sintácticas, ortográficas y gramaticales, facilidad para redactar, conocimiento suficiente de las instancias administrativas y buen manejo de internet y de los programas de procesamiento de texto. Se recomienda tener formación jurídica y económica.»

Solène tiene las competencias. Cumple todos y cada uno de los requisitos del anuncio. En la universidad, los profesores elogiaban su estilo fluido y la riqueza de su vocabulario. En el bufete era habitual que sus compañeros acudieran a pedirle ayuda para redactar sus conclusiones. «Escribes bien», le decían.

La atrae la idea de poner sus palabras al servicio de quienes las necesitan. Sabría hacerlo. Sí, sabría.

25

Un último punto precisa que es necesario «saber escuchar». Con sus clientes, Solène ha aprendido a permanecer en segundo plano y dejar hablar. Un buen abogado es también psicólogo, confidente. Ha recibido no pocas confesiones, secretos que permanecían bien guardados. Ha secado más de una lágrima. Se le da bien. Es de esas personas con las que es fácil hablar.

«Necesita salir de sí misma, sentirse útil para algo o para alguien», le dijo el psiquiatra. Sin pensarlo más, Solène pulsa la pestaña «Contacto» de la asociación. Escribe un mensaje y lo envía. Después de todo, será mejor que morirse de asco en el sofá. Y Pluma Solidaria es un nombre bonito, se dice. Por intentarlo que no quede.

A la mañana siguiente recibe una llamada del responsable de la asociación. Se llama Léonard. Por teléfono, su voz suena clara y jovial. Le propone entrevistarla ese mismo día en su despacho del duodécimo distrito. Cogida por sorpresa, Solène acepta y apunta la dirección en un trozo de papel.

Vestirse le supone un esfuerzo. Últimamente va por casa en chándal y baja a comprar con unas mallas y el jersey viejo de Jérémy. Le cuesta salir. Está a punto de anular la entrevista. No tiene ganas de coger el metro hasta ese barrio alejado del centro. No está segura de poder contestar preguntas ni mantener una conversación.

Pero la voz del teléfono sonaba simpática, así que Solène se toma sus pastillas y se presenta en la dirección que le ha indicado. El sitio no es muy bonito. Un edificio viejo al final de un callejón. La puerta se le resiste («El interfono está estropeado —le advierte un inquilino que sale en ese momento—, y el ascensor también»). Solène sube a pie las cinco plantas hasta la sede de Pluma Solidaria. Un hombre de unos cuarenta años la recibe con los brazos abiertos. Parece encantado de conocerla y la hace pasar a lo que llama, orgulloso, el «local de la asociación», un despacho diminuto y lleno hasta los topes. Solène piensa en su piso, perfectamente ordenado, y se pregunta cómo se puede trabajar en semejante cuchitril. Léonard retira una montaña de cartas de una silla y la invita a sentarse. Le ofrece un café, que Solène acepta sin saber por qué (nunca toma café: prefiere el té). Está amargo y casi frío. Por educación, se obliga a bebérselo, pero toma buena nota para rechazarlo la próxima vez.

Léonard se pone unas gafas y examina su currículum con cara de asombro. Confiesa que suele recibir más jubilados ociosos que abogados de grandes bufetes. Solène no se extiende sobre las razones que la han llevado allí. No menciona la depresión, el *burnout*, el vuelco que dio su vida tras la muerte de Arthur Saint-Clair. Habla de una reconversión. No es cuestión de confiarse a un desconocido, de contarle intimidades de ningún tipo. No ha ido a eso. Mientras Léonard termina de leer, Solène contempla los dibujos infantiles que hay clavados en la pared, detrás de él. Uno de ellos va acompañado de un «te kiero» garabateado trabajosamente. Un dinosaurio de arcilla hecho a mano preside el centro del escritorio en calidad de pisapapeles.

—Es un deltadromeus —le explica Léonard—. Se parece al tiranosaurio, pero tiene las patas más delgadas. La gente suele confundirlos.

Solène asiente. Así que tener una vida es eso... Saberse nombres complicados de dinosaurios y coleccionar palabras de amor mal escritas.

Léonard le devuelve el currículum y la felicita por sus títulos y su trayectoria. ¡Su perfil es perfecto! ¡Un regalo para la asociación! ¿Cuándo puede empezar? Desconcertada, Solène tarda en responder. Es la entrevista más corta que ha hecho en su vida. Se acuerda de las distintas fases de selección por las que tuvo que pasar cuando aspiraba a entrar en el bufete como colaboradora. Un proceso largo, agotador. Por supuesto, no esperaba un grado semejante de exigencia, pero creía que al menos le preguntarían por su experiencia.

—Nos faltan voluntarios —confiesa Léonard—. Recientemente hemos tenido dos fallecimientos entre nuestros jubilados. —Se da cuenta de que no es un detalle muy alentador y se echa a reír—. No todos los miembros de la asociación mueren —puntualiza—. A veces, alguno sobrevive.

Solène sonríe a su pesar. Léonard es un poco excesivo, pero no desagradable. Su energía es contagiosa. Añade que la asociación suele ofrecer dos días de formación a los candidatos, pero que, en su caso, parece innecesaria. Solène está sobrecualificada, no debería tener problemas para adaptarse. Sabrá redactar cartas administrativas, rellenar formularios, aconsejar, guiar, acompañar a las personas que irán a verla.

Léonard se zambulle en el mar de papeles que cubre su escritorio y saca una hoja. Podría parecer desorden, comenta, pero él sabe dónde está exactamente cada documento. Tiene una tarea que encomendarle en un hogar para mujeres en riesgo de exclusión. Consistiría en pasar allí una hora a la semana para ayudar a las residentes en sus tareas de redacción.

Solène se queda callada. La idea de un hogar para mujeres no la entusiasma. Creía que la enviarían más bien a un ayuntamiento o un organismo público. Un hogar significa miseria, precariedad, y ella no está preparada para eso. Una prefectura, eso sería perfecto... Léonard niega con la cabeza: no tiene nada de ese estilo. Vuelve a sumergirse en el mar de papeles y saca otras dos propuestas. Un centro de detención preventiva en la periferia... y una unidad de cuidados paliativos para enfermos terminales. Solène está consternada. Ha estado muchas veces en la cárcel en calidad de abogada, así que no, gracias, ya ha hecho su parte. En cuanto a los cuidados paliativos... Puede que no sea la mejor opción para alguien que trata de salir de una depresión. Le entran ganas de salir huyendo. De pronto se pregunta qué hace allí. ¿Qué pinta ella en aquel despacho oscuro, en un barrio olvidado? ¿Qué ha ido a buscar allí?

Léonard aguarda, pendiente de sus labios, con los ojos tan llenos de esperanza que casi resulta conmovedor. Espera como un acusado durante un juicio. Solène no tiene valor para decirle que no. Ha sacado fuerzas para ir allí, subir las cinco plantas y tomarse el peor café de su vida. Hace un mes ni siquiera era capaz de levantarse de la cama. Tiene que seguir esforzándose, tiene que continuar.

De acuerdo, deja escapar. Adelante con el hogar.

La cara de Léonard se ilumina como si alguien acabara de encender la luz detrás de sus gafas gruesas. Parece un niño que ha recibido un regalo inesperado. ¡Avisará a la directora del hogar! Es quien recibirá a Solène. Siente mucho no poder acompañarla a su primera sesión, pero él atiende personalmente tres sitios en tres barrios desfavorecidos, a los que no puede faltar. Pero ¡está seguro de que todo irá bien! Que no dude en llamarlo... Garabatea un número de móvil en el dorso de un folleto de la asociación. No tiene tarjetas, debería ir pensando en encargarlas. Con esas palabras, Léonard se levanta, la acompaña a la puerta, le desea suerte y la deja en el rellano.

A Solène no le da tiempo a protestar. Vuelve a casa con la sensación desagradable de que se la han colado. Se ha dejado enredar. «Escribiente público»: escribir, escribir para el público, es una idea bonita; seguro que la realidad no lo es tanto. Las palabras la han engañado. Se ha confiado.

Se toma el montón de pastillas que le ha recetado el psiquiatra y se va a la cama.

Después de todo, se dice antes de dormirse, quizá aún esté a tiempo de renunciar.

3

París, 1925

—Esta noche no. Hace mucho frío. No vayas, por favor.

Desde la ventana del salón, Albin contempla los gruesos copos de nieve cayendo sobre la capital. Noviembre ha empezado con unas temperaturas glaciales. El viento del norte sopla por las avenidas y arranca las últimas hojas de los árboles. París se cubre con un grueso manto.

—¿Me oyes, Blanche? No estás en condiciones.

Su mujer no lo escucha. Se abotona la falda y se pone la chaqueta de punto azul marino sin hacerle caso. Albin está preocupado. Blanche ha vuelto a toser. Su dolencia pulmonar está empeorando. No ha dormido en toda la noche, los ataques de tos la han martirizado durante horas y la han dejado exhausta al amanecer. Le suplica que vaya al médico.

—¿Para qué? —pregunta jadeando Blanche.

El doctor Hervier le mandará reposo y curas al aire libre, ¡menuda solución! No piensa exiliarse a uno de esos establecimientos para enfermos y jubilados. Albin le recuerda que tienen una casa en Saint-Georges, en el departamento de Ardèche. Podrían instalarse allí, lejos del ritmo frenético de París, y llevar una vida apacible. Eso sí que sería bueno para su salud. Eso sería lo «sensato», tiene la torpeza de añadir.

Porque Blanche, lo que se dice sensata, no es. Nunca lo ha sido.

—No estoy en condiciones... ¿Y qué? —replica—. Ya descansaré en la otra vida.

¡Ya ha soltado la dichosa frase! Albin se enfada: la ha oído muchas veces. Tantas como la promesa de que va a cuidarse. Su mujer es una cabezota. Una guerrera, un caballero andante. Albin se dice que morirá así, con la espada en la mano, combatiendo.

Derrotado, la ve salir. Sabe que ningún argumento la retendrá. Blanche nunca ha pospuesto nada por motivos de salud. No va a empezar a hacerlo a los cincuenta y ocho años. Las tres letras bordadas en el cuello de su guerrera no son un mero adorno. Son una misión, una vocación, su razón de ser.

«Sopa.» «Jabón.» «Salvación.» Tres palabras que resumen por sí solas el compromiso de su vida: acudir en auxilio de los más necesitados. Ése es el credo de la organización a la que sirve fielmente desde hace casi cuarenta años.

Blanche, de padre francés y madre escocesa, nace en Lyon en 1867. Crece en Ginebra. Su padre, pastor protestante, muere cuando la niña sólo tiene once años. Su madre se queda sola al cargo de sus cinco hijos. Blanche, la menor, muestra ya un carácter fuerte. Dotada de una empatía profunda por el sufrimiento ajeno, se rebela contra cualquier forma de injusticia. En la escuela para chicas se pelea con las mayores para proteger a las pequeñas. La castigan a menudo. No es extraño verla volver a casa con las rodillas cubiertas de moretones y la bata sucia y desgarrada. Su madre la sermonea en vano. Ignora que la hipersensibilidad de su hija es un don, un talento que la empujará hacia los proyectos más ambiciosos y las causas más nobles.

De adolescente, a Blanche le gusta divertirse. Monta a caballo, patina, pasea en barca, sale a bailar... Con su amiga Loulou, comete mil locuras. Tiene «gracia y empuje», dicen en la familia. *La Niña Mundana*, como la llaman, parece querer aprovechar todas las oportunidades de pasarlo bien que puede ofrecerle la sociedad ginebrina.

A los diecisiete años la envían a Escocia con la familia de su madre, quien opina que un «cambio de aires» le sentará bien. En una reunión social, Blanche conoce a Catherine, apodada *la Mariscala*, la hija mayor del pastor inglés William Booth. Blanche ha oído hablar de ese hombre, al que muchos consideran un iluminado que sueña con cambiar el mundo, con eliminar las desigualdades. Y como «algunas luchas merecen un ejército», acaba de crear una organización que se inspira en el modelo militar. Escuela, bandera, uniforme, jerarquía... Toda la panoplia. Su movimiento pretende luchar contra la pobreza en todas partes, sin hacer distingos de raza o religión. Surgido en Inglaterra, su Ejército de Salvación va a conquistar todo el mundo.

En ese salón de Glasgow, la Mariscala interpela a la concurrencia.

—Y usted, ¿qué va a hacer con su vida? —le espeta a Blanche.

La muchacha se queda impresionada. Las palabras resuenan en su interior como una voz clara en una catedral. Como una llamada. Como un aldabonazo. Parecen el eco de una frase que ha oído en la iglesia y que la intriga: «Déjalo todo y lo hallarás todo.»

Darlo todo. Abandonarlo todo. ¿Es capaz de hacerlo ella, la Niña Mundana, tan amante de la diversión? Una vocación inesperada nace de ella. Ese impulso la sorprende. Así pues, ¿ésa es su misión? ¿Es ése el sentido de su vida?

«Arroja al polvo tu oro
y el metal de Ofir a los guijarros del torrente.»

La lectura del Libro de Job le indica el camino a seguir... Blanche vende sus joyas y entrega el dinero al Ejército. Lejos de lamentarlo se siente asombrosamente ligera. Ese acto señala el inicio de su compromiso. Blanche ha encontrado la senda. Las palabras de Job serán su faro, la guiarán durante toda su vida. Y más allá de ésta.

Cuando regresa a casa, Blanche anuncia su decisión de alistarse en el Ejército de Salvación. ¡Ingresará en la Escuela Militar de París! Su madre la previene. Conoce las condiciones de vida de los miembros de la organización: su hijo mayor acaba de enrolarse. No desea para su benjamina esa vida azarosa, accidentada, lejos del ambiente protegido en el que se ha criado. Blanche tiene mala salud, sus pulmones están delicados. Debe someterse a curas constantes desde la niñez. Su propio hermano intenta disuadirla, sin éxito. Blanche es lo único que quiere, ese compromiso, ese reto que se siente capaz de afrontar.

No se imagina una vida circunscrita a los límites del hogar. Sueña con horizontes más lejanos. En el Ejército, Blanche descubre algo más que una vocación: el modo de escapar del camino que han trazado para ella. El final del siglo XIX ofrece pocas perspectivas a las jóvenes nacidas en el seno de la burguesía. Educadas en conventos, acaban casadas con hombres que ellas no han elegido. «Las educamos como a santas y luego las entregamos como potrancas», escribe George Sand, que rechaza con voz alta y clara la boda que quieren imponerle. Está muy mal visto que una mujer trabaje. Sólo las viudas y las solteras se ven forzadas a llegar a esos extremos. Pocos empleos están a su alcance, aparte del servicio doméstico, la costura, el espectáculo y la prostitución.

Desde que creó el Ejército, William Booth estableció en sus filas la igualdad absoluta entre sexos. Por otra parte, ellas son mayoría: de cada diez oficiales, siete son mujeres. Booth les concede libertad para predicar, lo que provoca la indignación de las demás instituciones religiosas. «¡Mis mejores hombres son mujeres!», declara sin ambages en las asambleas. Ese carácter mixto ofende, provoca escándalo. En Londres, las oficiales del Ejército, uniformadas y tocadas con sus sombreros aleluya de ala ancha tanto en invierno como en verano, son blanco de las burlas. En París, la gente les silba, maúlla a su paso, rebuzna ruidosamente para impedirles que hablen en público. Les dicen que echarán sapos por la boca. Las llaman «hombres con falda». Las abuchean con proclamas contra el «Ejército del Follón» y sus mujeres soldado. Blanche ignora los insultos. Es tan capaz de predicar como un hombre. Y va a demostrarlo.

En el entorno de Blanche, su decisión de alistarse provoca rechazo. Su mejor amiga, Loulou, le escribe para intentar disuadirla: «Siempre mantendré que el papel de la mujer no es recorrer las calles de París, que el que una mujer predique es tan poco natural como que un hombre se zurza los calcetines y que la verdadera, única y más noble misión de la mujer es consagrarse por completo a su familia y su casa, en la que, pasando inadvertida, hace feliz a su marido y se ocupa exclusivamente de sus hijos.» Esfuerzo vano. Blanche no piensa pasarse la vida zurciendo calcetines. El papel de figurante que quieren asignarle no le interesa. Sueña con subir al escenario, con ser útil. Con «hacer algo por Francia», dice. Las admoniciones de unos y otros no sirven de nada. Blanche deja definitivamente Ginebra e ingresa en la Escuela Militar del Ejército de Salvación de París.

En la residencia de la avenida de Laumière donde se alojan los nuevos miembros del Ejército de Salvación, Blanche descubre la extrema dureza de la vida diaria de los reclutas. Sea cual sea su graduación, soportan el cansancio de las guardias frecuentes, el frío y los ayunos prolongados. Viven con una austeridad enorme. A menudo a Blanche no le queda otro remedio que cocer ortigas para cenar. En Inglaterra y Suiza, el movimiento consigue arraigar, pero Francia se le resiste. De tradición católica, el país ve con malos ojos ese ejército protestante que intenta desplegarse. A sus oficiales, perseguidos en todo el territorio, se los recibe con pedradas, puñetazos y patadas. Se los vapulea, lapida y sumerge en agua hirviendo. Por la noche, cuando regresa a la avenida de Laumière, Blanche encuentra, pegados a su uniforme y su sombrero, los huevos podridos, las inmundicias y los restos de rata muerta que les han arrojado. Un joven soldado muere víctima de un linchamiento, molido a palos. Blanche queda conmocionada, pero no se desanima. El peligro es la vara con la que se mide la autenticidad de un compromiso. El suyo es puro, total. Ni la duda, ni el hambre, ni el frío hacen mella en él. Blanche siente que su vida consiste en eso, en esa lucha, en esa mano que quiere tender a quienes no tienen nada.

El Ejército canaliza todas sus inclinaciones: la empatía por los que sufren, el espíritu de sacrificio, el culto al heroísmo, el gusto por la aventura... El uniforme le sienta bien, parece hecho a su medida. La madre de la Niña Mundana esperará su regreso durante mucho tiempo. Creía que la voluntad de su hija

flaquearía ante tantas penalidades, pero se equivocaba. El talento de Blanche ha encontrado en el Ejército el modo de concretarse.

Blanche rompe con su prometido, un capitán joven: no quiere cadenas, ninguna atadura que pueda
entorpecer sus movimientos. Su misión no es com-
patible con el matrimonio. Se jura que permanecerá
soltera, como su amiga Evangeline, la pequeña de los
Booth, a la que acaba de conocer en las filas del Ejército. Su amistad durará toda la vida. Juntas prome-
ten mantenerse célibes para servir mejor a la organización por la que luchan. Como dos monjas vestidas
para la guerra. Dos soldados.

Sin embargo, un encuentro dará al traste con la
decisión de Blanche.
Se llama Albin.
Tiene diecinueve años y una sonrisa como para
hacer que rompas la promesa más firme.

4

Basta una llamada para anularlo todo. Telefoneará a Léonard y se echará para atrás. Le dirá que se ha equivocado, que va a retomar el trabajo a tiempo completo en el bufete. Sabe mentir, ha practicado durante años. Pero duda. ¿Eso no es quedarse en su zona de confort, hacer lo más fácil? Mira su piso, pulcro y ordenado, la jaula de oro en la que se ha marchitado. Tal vez necesite que la sacudan, que la saquen del camino marcado. Siempre ha seguido la línea que le han trazado, ¿no va siendo hora de apartarse de ella?

Un hogar para mujeres en situación precaria. Nunca ha puesto los pies en un sitio así. Quién sabe lo que le espera allí... Delincuentes, mujeres sin techo, marginadas de todo tipo, esposas maltratadas, prostitutas... Teme no ser lo bastante fuerte para afrontarlo. Creció lejos de la pobreza, en un ambiente protector. Los clientes del bufete eran grandes financieros. Chorizos, sí, pero con trajes de Armani. La penuria, la verdadera penuria, no la ha conocido. La ve en los periódicos y los reportajes de la tele. La observa de lejos, desde la barrera. Como todo el mundo, conoce la palabra «precariedad», omnipresente en los medios, pero nunca se ha enfrentado a esa realidad. Su experiencia de la pobreza se reduce a la joven sin techo que extiende la mano delante de la panadería a la espera de unas monedas o un trozo de pan. Nieve, llueva o sople el viento, allí está, con el vasito de plástico al lado. Solène la ve todas las mañanas. Nunca se ha dignado pararse. No es desprecio o indiferencia, sino una especie de costumbre. La pobreza forma parte del decorado, es así. Está aceptada, integrada en el paisaje urbano, como un elemento más. Le dé dinero o no, la chica seguirá allí al día siguiente, así que ¿para qué? La responsabilidad de cada individuo se diluye en la de la comunidad. Es un hecho científicamente probado: cuantos más testigos hay de una agresión, menos son los que reaccionan. Y con la pobreza pasa lo mismo. Solène no es egoísta; es como los millones de hombres y mujeres que recorren la ciudad a toda prisa, sin volver la cabeza. Cada cual mira por sí y Dios por todos. Si es que hay un Dios.

A pesar de las pastillas, pasa mala noche. La directora del hogar la ha citado a la mañana siguiente. Tras dar muchas vueltas a todas las excusas que podría inventarse para escurrir el bulto, Solène toma una decisión. Irá. Así al menos podrá decir que lo ha intentado. Si el sitio es demasiado triste, demasiado deprimente, llamará a Léonard y se echará para atrás. Después de todo está convaleciente. El voluntariado tiene que ser una terapia, no un castigo.

Llega a la cita con antelación, como es costumbre en ella. Una costumbre de los tiempos del bufete. «La puntualidad es la cortesía de los reyes.» Solène siempre ha respetado esa máxima, como una alumna diligente. Pero está harta de ser la niñita buena y perfecta. Le gustaría largarse de allí, no presentarse en el hogar, no disculparse, ser grosera y mal educada por una vez en su vida. Y quedarse tan fresca.

Por supuesto, no lo hace. Entra en una cafetería cercana y pide un té: esa mañana se ha levantado con un nudo en el estómago y no ha desayunado. Observa la decoración y se da cuenta de que está en uno de los establecimientos que se hicieron tristemente célebres a raíz de los atentados del 13 de noviembre de 2015: La Belle Équipe. El ataque terrorista hizo estragos. Veinte víctimas, que estaban sentadas allí como ella, tomando una copa o un té. Solène se estremece al imaginarlo. Piensa en el dueño de la cafetería, en los clientes, en los habituales. ¿Cómo consiguen levantarse por las mañanas? ¿Cómo pueden seguir viviendo? Observa a la gente de la terraza, sus caras, sus expresiones. Es extraño, pero se siente cercana a ellos. ¿Son frágiles e indecisos, como ella? ¿Han recuperado las ganas de vivir, la despreocupación, el buen humor? ¿O todo eso desapareció para siempre? Solène piensa en el futuro. ¿Cómo será? ¿Lo tiene ella, para empezar? En esos momentos todo le parece inasible, inalcanzable. Unas horas de voluntariado. ¿Y después? La pregunta le produce vértigo. Sus ahorros le permitirán aguantar una buena temporada, eso sí es cierto.

Ha llegado la hora. Solène deja unas monedas en la barra, cruza la calle y se encuentra con un edificio inmenso. El hogar es mucho mayor de lo que se imaginaba: esperaba un inmueble más o menos destartalado al fondo de un patio interior. Pero sus cinco plantas dominan el cruce de las dos calles. Un ancho frontón semicircular corona la entrada. En el muro destacan dos placas de bronce. Solène se acerca, intrigada. El edificio data de principios del siglo XX. Figura en el registro de monumentos históricos y se llama PALACIO DE LA MUJER. Una denominación extraña. Hace pensar en un sitio lujoso, la residencia de una reina. No en un refugio para mujeres en riesgo de exclusión.

Solène sube la escalinata que conduce a las puertas. Una de ellas está reservada a las residentes. En la otra hay un timbre y, debajo, un letrero en el que se lee VISITAS. Solène llama y entra en el palacio.

En la recepción, una empleada joven atiende tras un gran mostrador de formica. Invita a Solène a sentarse mientras espera. Una mujer rodeada de capazos se ha quedado traspuesta en uno de los sillones. Pese al ambiente ruidoso, duerme profundamente. Se diría que acaba de llegar de un viaje que ha durado mil años. Solène no se atreve a acercarse por miedo a despertarla. Se queda de pie, así se siente más cómoda.

La llegada de la directora interrumpe sus cavilaciones. Solène se la imaginaba mayor; tiene unos cuarenta años, como ella, y lleva el pelo corto. Cuando le da un apretón de manos le parece sincera. La invita a entrar en un vestíbulo enorme que hace las funciones de sala común. Es un sitio luminoso, con plantas, sillones de mimbre y un piano de cola. Una cristalera cenital deja entrar la luz natural. El ambiente es acogedor, cálido. Es el centro neurálgico del hogar, le comenta su guía. Las residentes suelen reunirse allí para charlar. También es donde realizan actividades. La directora aconseja a Solène que se instale allí para trabajar: estará más accesible ahí que en un despacho. Le propone visitar los espacios comunes (las zonas privadas y las habitaciones no se pueden ver, le explica). Mientras la acompaña al gimnasio, una chica vestida con un jersey de colores chillones y unos vaqueros desteñidos les sale al paso y se dirige a la directora en un tono exasperado. ¡Esto no puede seguir así, las «tatas» han vuelto a hacer ruido hasta medianoche! ¡Quiere cambiar de planta, no puede más! La joven residente tiene cara de cansancio y una expresión terca. La directora le contesta que en ese momento no puede atenderla, pero le promete que hablará con las «tatas». En cuanto a la asignación de los estudios, ya lo han discutido. Cynthia conoce el reglamento. La chica farfulla irritada unas cuantas frases más antes de irse. La directora se disculpa con Solène por la interrupción. A algunas residentes les cuesta adaptarse a la vida en el hogar, le explica. Hay que saber tratar con los distintos caracteres y gestionar los conflictos. Las diferencias culturales y la convivencia obligada crean tensiones. Todas las mujeres del palacio tienen un pasado problemático. Por lo general, han roto con su entorno y su familia. Hay que ayudarlas a levantarse de nuevo y a que restablezcan los lazos con la sociedad. Vivir en comunidad es una gran idea, pero en la práctica a veces resulta complicada.

Llegan al gimnasio, vacío a esa hora de la mañana. Es amplio, lo han pintado hace poco y dispone de espejos, como un aula de danza. Los aparatos de gimnasia, a la última, están instalados en una esquina. Hace mucho que Solène no pisa uno de estos sitios. Antes se cuidaba, incluso se había abonado al Club Med Gym de su barrio, al que dejó de ir enseguida: el bufete le robó las horas que le dedicaba. A continuación, la directora la lleva a la biblioteca, una sala grande con varias estanterías con libros dispuestas unas frente a otras.

—Nos cuesta hacer que nuestras residentes lean —confiesa la mujer.

Unas cuantas leen un poco; las demás, nada de nada. En parte se debe a la barrera del idioma: muchas no dominan lo bastante el francés. Se les ofrecen clases dos días a la semana.

Cruzan una sala de música con dos pianos, varias salas de reuniones y un antiguo salón de té, y llegan a un salón de actos de dimensiones espectaculares. Durante mucho tiempo fue un restaurante económico, comenta la directora. Todo el barrio iba a comer allí. Hoy lo utilizan para grandes ocasiones, como la cena de Nochebuena. El resto del año lo alquilan para que se realicen actividades ajenas al hogar. Algunas marcas de ropa organizan ferias. También se celebran desfiles durante la Fashion Week. Solène se muestra sorprendida. Recibir a grandes modistos en un sitio en el que las mujeres apenas tienen con qué vestirse, ¿no es un poco contradictorio? La directora sonríe.

44

—Entiendo su reacción —responde—, pero algunas marcas aceptan ceder sus restos de inventario a un precio módico. Y a las residentes les encanta asistir a los desfiles. Es una oportunidad para abrir las puertas del hogar. La verdadera diversidad no se reduce a la mezcla de culturas y tradiciones, que aquí ya existe de forma natural. También es hacer que la vida del exterior entre aquí.

«La organización del hogar es compleja», continúa. En el edificio conviven varias entidades. Para empezar, la Residencia, con sus trescientos cincuenta estudios, que tienen lavabo, cuarto de baño y, en algunos casos, una cocina pequeña (los demás disponen de cocinas compartidas). Los ocupan mujeres solas que cobran el paro o la prestación social mínima y pagan un alquiler moderado. En segundo lugar, el Centro de Acogida y Estabilización, que atiende los casos más urgentes. La acogida no está sujeta a condiciones y se ofrece a personas en «situación administrativa compleja». Léase «sin papeles». La mayoría son mujeres con hijos. Otras cuarenta habitaciones están reservadas para el Centro de Acogida de Migrantes. Las llegadas fluctúan en función del contexto político: actualmente el centro acoge a personas procedentes del África subsahariana, de Eritrea y Sudán. Por último, un pequeño centro que se creó hace poco, con veinte alojamientos para parejas y familias.

En total, viven allí más de cuatrocientas personas. Sin contar los cincuenta y siete empleados, entre trabajadores sociales, educadores infantiles, personal de mantenimiento, administrativos, contables y técnicos. Solène está impresionada. Aquello es la torre de Babel. Allí se mezclan todas las religiones, todas las lenguas, todas las culturas. La convivencia no siempre es fácil, repite la directora. Cuatrocientas mujeres hacen mucho ruido. Parlotean, taconean, cantan, gritan... Y a veces también se pelean. Se insultan y luego se reconcilian. No es raro que los vecinos vayan a quejarse. Los propietarios del edificio de al lado presentan quejas en recepción cada dos por tres. La directora suaviza las tensiones lo mejor que puede. Algunos vecinos se acostumbran. Otros optan por mudarse.

Eso no es el paraíso, concluye la mujer mientras acompaña a Solène de regreso al vestíbulo, pero las mujeres disponen de un techo. En el palacio están seguras. Aunque como media se quedan tres años, algunas llevan mucho más tiempo viviendo allí. La residente más antigua llegó hace veinticinco años. Dice que no está preparada para irse. Entre esas cuatro paredes se siente protegida.

Solène se va del hogar algo más tranquila. El sitio es más agradable de lo que imaginaba. Luminoso, lleno de vida. Puede que, después de todo, hacer una hora de voluntariado a la semana no sea tan terrible. Escribirá unas cuantas cartas y ya está. Podrá decirle al psiquiatra: «Lo he hecho.» Hacer los deberes le costará menos de lo que pensaba.

Vuelve a casa a un paso más ligero. Esa noche se duerme sin necesidad de pastillas.

En realidad, no tiene ni idea de lo que le espera.

5

Hoy es el día. El primero de Solène como escribiente pública en el palacio. Fue idea de la directora. Le propuso el jueves al final de la tarde. A primera hora hay clase de zumba. Y el resto de la semana ofrecen diversas actividades: talleres de pintura, gimnasia, francés, canto, yoga, informática, inglés... El jueves es buen día, le aseguró.

En un primer momento Solène se oyó contestar que tenía que consultar su agenda, la típica reacción de abogada. Luego lo pensó mejor. El jueves estaba bien. Se abstuvo de confesar que no tenía nada que hacer ningún día, que sus semanas transcurrían en la inactividad más absoluta. Para ser creíble hay que parecer ocupado, todo el mundo lo sabe.

Hoy se ha despertado temprano, nerviosa ante la idea de enfrentarse sola a su primera sesión. Léonard no la preparó. Se limitó a decirle «¡Todo irá bien!», con el entusiasmo que lo caracteriza. A Solène le molesta su optimismo absurdo. No se atrevió a confesarle que no está segura de poder hacerlo. La visita al hogar la tranquilizó con respecto a una cosa: el sitio no es tan horrible como imaginaba. Lo que le preocupa es más bien el trato con las residentes. Ya se lo advirtió la directora: es posible que al principio se muestren desconfiadas. Le pintó un retrato sin adornos de la población del palacio. No para asustarla, sino para prepararla. Algunas mujeres tienen enfermedades graves, problemas relacionados con el alcohol o los estupefacientes; otras están ahogadas por las deudas. Hay antiguas prostitutas, delincuentes en proceso de reinserción, trabajadoras discapacitadas, mujeres que han pasado por experiencias migratorias complejas... Todas han conocido alguna forma de precariedad. Todas han sufrido la violencia, la indiferencia. Todas están en los márgenes de la sociedad.

Solène llega puntual, como siempre. Pulsa el timbre de VISITAS, y ya está en el palacio. A esa hora de la tarde, la gran sala común está tranquila. Un grupito de africanas toma el té en los sillones de mimbre. No muy lejos, una pareja habla en una lengua que Solène no entiende, wolof o suajili. Junto a ellos un bebé de un año corretea en calcetines por el suelo de baldosas, tambaleándose a cada paso.

Solène no sabe dónde ponerse. Duda. Ve una mesa flanqueada por dos sillas en un rincón. Saca del bolso un cuaderno de notas y su MacBook último modelo. De repente, se siente incómoda mostrando allí aquel aparato. Los móviles y los ordenadores son los nuevos signos exteriores de riqueza: ha leído un estudio estadounidense según el cual es posible deducir los ingresos de un individuo basándose únicamente en el modelo de móvil que posee. Qué falta de tacto, exhibir su nivel de vida. Se maldice por no haber caído en eso antes. Por un instante, le dan ganas de huir, de esconderse. Demasiado tarde. La sesión va a empezar.

Las africanas, sentadas no muy lejos, la miran con una actitud distante. Parecen preguntarse qué hace allí con su flamante ordenador y su bolso de marca. Algunas residentes cruzan el salón y le lanzan una mirada de indiferencia. Solène no se atreve a abordarlas para presentarse. Una mujer cargada de capazos sale del ascensor. Solène reconoce a la señora que dormía en un sillón de la recepción el día de su primera visita. Va tan cargada como entonces. Con la mirada, busca algo en la sala. Una candidata para mí, piensa Solène, y se le acelera el pulso... Pero no. La mujer se acerca a un sofá, coloca los capazos a su alrededor y se tumba. Cierra los ojos y se duerme enseguida.

Solène está incómoda. Pasan los minutos y nadie se le acerca. Observa el lugar, se fija en las paredes, decoradas con bajorrelieves. En el suelo, las baldosas de cerámica forman un dibujo extraño, una gran «S» adornada con una cruz y dos espadas y rematada por una corona. El símbolo va acompañado de la leyenda «Ejército de Salvación». Solène prosigue su examen de la sala. Sentada detrás de una planta, una mujer de pelo corto está ocupada en tejer. Es tan menuda y discreta que Solène no había advertido su presencia. Con las gafitas caídas sobre la nariz, permanece absorta en su labor, un jersey acanalado de punto. Las agujas se agitan, pero su rostro no cambia de expresión. Qué raro, parece de cartón, piensa Solène. Allí, en medio de la sala, se diría que está sola en el mundo.

Solène empieza a preguntarse qué hace allí. La directora tenía que informar a las residentes de su llegada. No lo habrá hecho. O puede que a las mujeres les traiga sin cuidado. Se esperaba un recibimiento mejor. ¡Menuda pérdida de tiempo! Allí no la necesita nadie.

Una mujer de piel negra como el ébano entra en la sala cargada con bolsas de la compra. Se detiene junto a las bebedoras de té, intercambia unas palabras con ellas y continúa su camino. La sigue una niña de cinco años que lleva una bolsa de gominolas Haribo en la mano. Va peinada con unas trenzas muy pequeñas adornadas con perlas de diferentes colores. Tiene los ojos negros como el azabache. Mira a Solène sorprendida (se diría que es la única que la ve). Sin esperar a que la inviten, se le acerca y observa en silencio su ropa, su abrigo, el MacBook que tiene delante. Y acaba tendiéndole una golosina medio masticada. Solène no sabe cómo reaccionar. Está entre perpleja y regocijada. Entregado el presente, la niña alcanza a su madre y, un instante después, desaparece con ella en dirección a los ascensores. Solène permanece inmóvil con la gominola en la mano, desconcertada. Está a punto de levantarse para tirarla, pero no lo hace. Es un regalo, se dice. Un regalo de bienvenida. Lo envuelve en un pañuelo de papel y lo guarda en un bolsillo del abrigo.

El reloj de pared marca casi las siete. La hora ha pasado sin que una sola residente se haya acercado a solicitar sus servicios. Solène suspira. Ni una. Decepcionada, cierra el ordenador y recoge el cuaderno de notas. ¿Y éste es el voluntariado que la iba a ayudar a salir a flote? Menudo chiste... Cuando está a punto de levantarse, aparece una señora mayor tirando de un carro de la compra. Va directa hacia Solène.

—Para que te lean las cartas, ¿es usted? —le suelta sin más, como quien le arroja un hueso a un perro.

Tiene un acento extranjero muy marcado, eslavo, o tal vez rumano. Ha cogido por sorpresa a Solène.

—Estoy aquí para escribir cartas —le responde—. Pero si hay que leerlas... también puedo.

La mujer abre el carro y empieza a sacar un revoltijo de correspondencia de todo tipo, sobres con membrete oficial, postales, folletos, publicidad... El carro está lleno a rebosar. Para asombro de Solène, lo vacía y lo deja todo en la mesa.

—Léeme. Por favor.

Solène duda un momento mientras piensa en el modo de salir del apuro.

—No puedo... Todo esto, no... Puedo leerle las postales, si quiere...

Coge unas cuantas del montón, pero se detiene, desconcertada. Están escritas en alfabeto cirílico. Solène ve el sello en la esquina doblada de una de ellas. Es de Serbia. Todas las postales están escritas con la misma letra, sin duda la de un familiar o un amigo.

—Lo siento, no hablo esta lengua —confiesa.

Sin el menor comentario, la mujer vuelve a coger las postales y las mete en el carro. A continuación le tiende varias cartas oficiales. Solène abre una del Fondo de Asignaciones Familiares. Le solicitan un certificado, necesario para cobrar la prestación. Solène intenta explicarle de qué se trata, pero la mujer, que apenas la escucha, acaba guardando la carta en el carro. Lo mismo ocurre con la siguiente, la reclamación de un operador de telefonía móvil, que advierte a su clienta de que, si no paga las facturas en el plazo de un mes, le cortarán la línea. Lleva fecha del año anterior... Solène propone a su interlocutora que anote los documentos que debe enviar y las cantidades que tiene que pagar. Pero ella niega con la cabeza.

—Me acuerdo —asegura señalándose la frente.

La carta desaparece en el carro. Solène continúa, abre decenas de sobres... También hay que leer la publicidad, la mujer insiste en ello. Hay promociones de varias tiendas, ofertas de gafas, persianas, móviles, lectores de DVD, alarmas, ropa, perfumes, juguetes... Un montón de folletos, irrelevantes, sin interés.

Cuando Solène echa un vistazo al reloj de pared, han pasado dos horas. No puede más. En la sala común no queda nadie, las bebedoras de té se han marchado, igual que la tejedora. A su lado, la serbia no parece tener prisa.

—Terminaremos otro día —acaba diciéndole Solène—. Tengo que irme.

La residente asiente sin protestar. Abre el carro, mete en él todos los folletos y las cartas que aún no han abierto mezclados con los ya leídos y se va sin darle las gracias. Un poco decepcionada, Solène se pone el abrigo mientras se dirige hacia la salida. Qué día tan extraño... Un estreno un poco desconcertante. Al menos ha podido ayudar a alguien, concluye tratando de dar un sentido a la sesión, incongruente como poco.

Al salir ve a la serbia en la entrada. Está inclinada sobre un cubo de la basura, tirando todo el contenido del carro. Solène se queda de una pieza.

Son las nueve de la noche. Su primera sesión en el palacio acaba de finalizar.

6

—¿Para qué? Volver allí, ¿a hacer qué?

Léonard acaba de llamarla para saber cómo le ha ido su primera tarde en el palacio. Solène le ha respondido en tono malhumorado. ¡Ha sido una pérdida de tiempo! Las residentes no necesitan un escribiente público. Tienen cosas mejores que hacer, tés que tomar y jerséis que tejer. La han ignorado completamente. Se ha sentido ridícula y, lo que es peor, inútil. Por no hablar de la anciana serbia a la que creía estar ayudando, hasta que ha comprendido la futilidad de su petición.

Dedicar su tiempo, qué gran idea... ¡Sólo que hace falta que alguien lo quiera! Su esfuerzo ha sido en vano. No repetirá la experiencia. No volverá a poner los pies allí. Es inútil insistir.

En el otro extremo de la línea, Léonard no se da por vencido. Comprende su decepción. Él se llevó una parecida el día que empezó, en el ayuntamiento de distrito al que lo mandaron. Pero no debe desanimarse. Las mujeres del palacio son desconfiadas, distantes, pero ¡eso hace que el reto sea aún más estimulante! Tendrá que ganarse su confianza, amansarlas. Requerirá tiempo, pero está seguro de que lo conseguirá. Le ruega que dé otra oportunidad al palacio.

Lejos de apaciguarla, la reacción de Léonard la irrita todavía más. No piensa arrodillarse delante de las residentes. No sabe hacerlo. Lo siente, estaba equivocada. No es la persona adecuada, su voluntariado se acaba ahí.

Después de pronunciar esa frase, cuelga para zanjar la discusión. No está dispuesta a que la enreden por segunda vez. El optimismo de Léonard la exaspera. Ese entusiasmo a toda prueba, esa idea de que todo irá bien... Qué ingenuidad. No, no todo va bien. El mundo no marcha como debería. Las mujeres del hogar carecen de todo, dinero, cariño, vínculos, educación. Ella misma, que vive en un buen piso y tiene tres cuentas de ahorro repletas, es más infeliz que nunca. Sin pastillas no puede ni levantarse. Así que no, basta ya de decir que todo va bien. El mundo es un asco, la verdad.

No le da la gana de ceder a la presión de Léonard. Se ha pasado la vida haciendo lo que se esperaba de ella. Se hizo abogada para complacer a sus padres. Silenció su deseo de ser madre por Jérémy. Ha llegado el momento de seguir su propio camino, de volver a centrarse en sus aspiraciones. De aprender a decir no de una vez.

Su camino... Muy bien, pero ¿cuál es? A sus cuarenta años, Solène no está segura de saber quién es realmente. Irá de nuevo a ver al psiquiatra y le dirá que ha probado lo del voluntariado pero que no es lo suyo. Le pedirá más consejos. Y otras pastillas.

Cuando se pone el abrigo para salir, encuentra un pañuelo de papel en el fondo de uno de los bolsillos. Contiene la golosina Haribo medio masticada que le ha dado la niña. Como no se decide a tirarla, la guarda en un tarro de mermelada vacío. Recuerda la mirada de la pequeña. Tenía algo que la ha impresionado. Su gesto la ha conmovido más de lo que podría expresar. Se pregunta qué hace la niña allí, en ese hogar para mujeres en riesgo de exclusión. ¿Cómo es su vida entre esas cuatro paredes? ¿De dónde ha llegado? ¿Qué ha vivido? ¿De qué huye al refugiarse allí? ¿Lleva mucho tiempo en el palacio?

Piensa en las últimas palabras de Léonard: «Dele al palacio una segunda oportunidad.» Se le ha pasado el enfado. Queda la curiosidad, las ganas de saber más. «Un reto al que enfrentarse», ha dicho Léonard... Al fin y al cabo, no tiene nada previsto para el próximo jueves. Una segunda oportunidad a cambio de una Haribo es un trato justo. Solène coge el móvil y le envía a Léonard un mensaje de texto que se resume en dos letras: OK.

A la semana siguiente, Solène vuelve a cruzar la puerta del palacio. El grupito de africanas está en el mismo sitio que la vez anterior. Beben el mismo té y la miran con la misma indiferencia. Solène duda. Se detiene un momento y, armándose de valor, se acerca para saludarlas. Con una voz que trata de transmitir seguridad, les explica que es escribiente pública y que irá allí un día a la semana. Si alguna de ellas necesita ayuda para redactar cartas o mensajes, estará encantada de ofrecérsela.

Las mujeres no reaccionan. Solène incluso se pregunta si habrán entendido lo que les ha dicho. Intercambian unas palabras en una lengua que no comprende y hacen un gesto con la cabeza. Luego siguen charlando como si nada.

Solène se queda parada. Hecho. Se ha presentado. Se aleja hacia las mesas libres. No se colocará en un rincón, como la vez anterior, sino en el centro de la sala. Así todas la verán. «Tiene que encontrar su sitio, ocupar un espacio propio, hacerse valer», dijo Léonard. Solène ya ha oído rollos por el estilo en el bufete. Mostrarse convincente en el alegato, mantener el propio criterio ante el cliente. Eso ya aprendió a hacerlo, pero allí su experiencia no le sirve de nada. Ha cambiado un palacio por otro, y las reglas también son distintas. Habrá que reinventarlas.

Cuando se está instalando, descubre la frágil silueta de la tejedora detrás de la misma planta. Sus dedos se mueven con agilidad. Está haciendo otro jersey, una chaqueta para un bebé, diría Solène. Duda acerca de si debería abordarla. Cuando ha llegado, la mujer ni siquiera ha alzado la vista. Su rostro es tan impasible que apenas parece humano. Muy poco amistoso, piensa Solène. Con las africanas acaba de pinchar en hueso, no hay necesidad de sufrir otra humillación.

Renuncia al acercamiento y se sienta. Mientras tanto, en el otro lado de la sala, una de las bebedoras de té se ha levantado. Se acerca, se detiene delante de Solène y saca de un bolsillo un recibo de caja arrugado. En un francés perfecto, le explica que compra todos los días en el supermercado del barrio. Ayer el cajero le cobró dos euros de más por un producto: los yogures estaban de oferta. Había mucha gente, y se negó a reembolsárselos. Quiere escribir una carta de reclamación a la dirección del establecimiento.

Solène la mira sin decir palabra, preguntándose si es una broma. ¿La estarán poniendo a prueba ella y sus amigas? ¿La estarán sometiendo a un test, a una especie de novatada? Una reclamación por dos euros... Si descuentas lo que cuestan el sello, la tinta y el papel, no queda mucho que recuperar.

Cuando está a punto de responder, la residente, como si le hubiera leído el pensamiento, añade:

—Cobro quinientos cincuenta euros al mes. Después de pagar el alquiler de aquí y las facturas, no me sobra mucho para comer.

Solène se queda helada. El asunto no es ninguna broma. Se resume en tres letras que le caen encima como una bofetada: RSA. La Renta de Solidaridad Activa. Unas siglas abstractas que de pronto se encarnan brutalmente en ella. Con sus ingresos anuales de seis cifras, Solène no está preparada para eso. Se siente avergonzada y mezquina por haber pensado que la mujer quería ponerla a prueba. Ahí está el auténtico rostro de la precariedad. Ni en el periódico ni en una pantalla de televisión. Lo tiene ahí, delante de ella, bien cerca. En forma de dos euros en un monedero.

Muda, Solène coge el recibo. Se ocupará del asunto. Saca el ordenador y empieza a redactar la carta.

Por la noche, cuando llega a casa, vuelve a pensar en ese momento, en la cólera que se ha apoderado de ella mientras aporreaba el teclado. El cajero tenía prisa, no se tomó la molestia de revisar la cuenta y devolverle el dinero. Pensándolo bien, en realidad la culpa no es suya. Seguro que cobra poco más que el salario mínimo y trabaja en condiciones precarias. Tiene que ir deprisa, no puede permitirse parar. Qué importan dos euros. Qué importa la bebedora de té.

El nacimiento de la indignación... A Solène la sorprende lo que siente. Le cuesta ponerle nombre. Y no está segura de que el blanco de su cólera sea únicamente la dirección del supermercado. Ella también lo es. Encerrada en su pequeña vida y sus problemas, no ve girar el mundo a su alrededor. Hay quien tiene hambre y sólo cuenta con dos euros para comer. Solène sabía que eso ocurría, pero hoy esa realidad la ha golpeado en plena cara, en medio del palacio.

Ya es de noche. Al salir del metro, Solène pasa por delante de la panadería. La sin techo está allí, en su sitio habitual. Por primera vez, Solène afloja el paso. Se detiene ante la chica, saca el monedero y lo vacía en el vasito de plástico.

7

París, 1925

Blanche acaba de salir al frío glacial de noviembre pese a las protestas de su marido. Impotente, Albin suspira, mientras su mirada se posa en la foto en blanco y negro enmarcada que preside el aparador. Una imagen tomada una tarde de primavera, hace casi cuarenta años. Blanche y Albin están de pie uno junto al otro con sus uniformes del Ejército de Salvación. Nada de traje blanco, encajes ni cola de muselina. Blanche quiso casarse de uniforme. Como un soldado. Más derecha que una vela, fija una mirada orgullosa en el objetivo. Contemplando sus facciones, Albin se dice que no ha cambiado. Los años y la enfermedad apenas han hecho mella en su carácter fuerte. Su Blanche no ha perdido un ápice de la energía inagotable que la animaba cuando la conoció.

Apenas ingresa en el Ejército, la Niña Mundana llama la atención de sus superiores. Valoran su celo, su decisión, su ingenio. Blanche no retrocede ante nada para defender la causa de los necesitados. Se pasea como mujer bocadillo vendiendo la revista del Ejército, de la que se convierte en redactora. Toca la guitarra y la armónica por los bulevares. Multiplica las peticiones, mendiga donativos en especies: sábanas, ropa, comida, zapatos. «¡Se necesita de todo, y con urgencia!» Toma la palabra en las reuniones y las asambleas. Para a los viandantes, recorre los restaurantes y los cafés.

La Mariscala, que unos años antes la había puesto a prueba en Glasgow, encendiendo de ese modo la llama de su fe salvacionista, le propone ingresar en su guardia personal. Blanche se convierte en su secretaria y edecán. Ascendida a capitana del Estado Mayor el día en que cumple veintiún años, la acompaña en sus desplazamientos a partir de ese momento. Es durante una gira por Suiza cuando su camino se cruza con el de Albin.

Albin Peyron aún no es más que un cadete de la Escuela Militar de Ginebra. Impulsado por una vocación precoz, «tomó las siglas», como se dice de quienes se enrolan en el Ejército, muy pronto, a la edad de catorce años. Ese día de diciembre de 1888, asiste a una conferencia de la Mariscala junto con sus compañeros de promoción. Y se fija en una joven oficial que está en el estrado. Blanche, cautivada por la alocución de su superiora, no presta la menor atención a quienes la rodean.

En cambio, Albin sólo tiene ojos para ella. Blanche posee una belleza singular, una belleza que aún se ignora a sí misma. El muchacho contempla su pelo negro, su tez mate, su mirada viva bajo el sombrero aleluya. Entre los cadetes, es habitual burlarse de ese tocado exagerado, pero ese día Albin lo encuentra gracioso sobre ese rostro de rasgos tan armoniosos.

—¿Quién es? —pregunta a su vecino.

—La capitana del Estado Mayor Roussel —responde el interpelado.

Blanche. *Su* Blanche.

Pero la que será su mujer no se fija en él. Ni ese día ni los siguientes. Albin procura volver a cruzarse con ella durante sus desplazamientos, sin éxito: Blanche no muestra el menor interés por él. Sin embargo, es un chico atractivo. Alto, rubio, con los ojos negros, Albin tiene una risa sincera y la sangre en ebullición. De temperamento fogoso, canta a voz en cuello en la imperial de los tranvías y baja cuestas en su biciclo, un velocípedo con una rueda delantera enorme que le regaló su padre por su decimoctavo cumpleaños.

—Olvídalo —le aconseja un amigo—. No es para ti. Dicen que rompió su compromiso con un oficial. No quiere marido ni hijos. Ha elegido el celibato.

Lejos de desanimar a Albin, la advertencia multiplica por diez su curiosidad, como la prohibición de cruzar una puerta multiplica las ganas de hacerlo. Blanche está consagrada a su vocación, se dice. Mejor. Él también. Una tarde, cuando la chica sale de una conferencia a la que él también ha ido con el único fin de verla, se decide a abordarla.

—¿Cómo puedo volver a verla? —le espeta con el corazón desbocado.

Sorprendida, Blanche le da una dirección en la que podrá encontrarla al día siguiente, al caer la noche.

Albin se va con la cara encendida. Tiene ganas de cantar. Cuál sería su decepción cuando descubre que no se trata de un encuentro a solas, sino de un mitin al que Blanche ha invitado a todo el que ha visto.

Albin abandona la sala cuando termina la reunión, despechado. Blanche lo alcanza en la calle: no tenía intención de herirlo. No es de esas mujeres que juegan al gato y el ratón. Es que no puede responder a sus requerimientos. Ha consagrado su vida a la causa del Ejército. Nada debe apartarla de ella. Nunca será una madre de familia, un ama de casa. Nunca se casará.

Albin está decepcionado, pero lo entiende. Respeta la exclusividad de su compromiso. A falta de otra cosa, Blanche le ofrece su amistad.

No, gracias, amigos ya tiene. No le interesa.

Blanche lo ve alejarse. Algo en él la atrae más de lo que está dispuesta a admitir. ¿Es su estatura, su prestancia, su sonrisa? Detrás de la fogosidad de su temperamento, hay dulzura, Blanche lo intuye. En otra vida, quizá, en otro mundo, todo habría sido diferente.

Por desgracia, en éste, Blanche Roussel no tiene espacio para él.

Cuando está a punto de volverse, ve el biciclo en el que Albin se dispone a montar. Blanche se detiene. Ha oído hablar de esos artilugios. Echa a andar hacia él.

—¡Espere!

Albin parece sorprendido. Blanche se le acerca para examinar el vehículo con detalle y lo acribilla a preguntas: ¿Es suyo el velocípedo? ¿Sabe llevarlo? ¿Dónde ha aprendido? Observa la rueda delantera, desmesurada. El sillín está a metro y medio del suelo, subir a él es todo un desafío. Para aguantarse sentado hace falta mucha práctica, le explica él. Cuesta mantener el equilibrio. El monstruo es inestable y la conducción, acrobática. En los ojos de Blanche se ha encendido una lucecita. A falta de transporte público, se mueve a pie a menudo. Un vehículo así le facilitaría los desplazamientos. La de tiempo que ganaría de ese modo... Un tiempo precioso que podría dedicar al Ejército.

Está decidido: quiere aprender. Intenta convencer a Albin para que sea su profesor. No necesitará muchas clases, le promete Blanche. Está en forma. De adolescente montaba a caballo, patinaba, remaba...

Qué chica tan extraña, se dice Albin. Y cuánta determinación. Objeta que montar en un vehículo así es impropio de una mujer. Blanche suelta una carcajada. Las convenciones la traen sin cuidado. Si le importaran, no se habría alistado en el Ejército. No es una rosa de primavera que haya que proteger bajo una campana, como suele decirle la Mariscala. Ha oído hablar de esas teorías según las cuales la práctica del velocípedo es perjudicial para la salud de las mujeres. El doctor Tissié incluso afirma que es «una máquina esterilizadora». Acaba de publicar su *Higiene del velocipedista*, donde especifica que el uso frecuente provoca «úlceras, hemorragias, enfermedades e inflamación» en la parte del cuerpo que denomina «la gran herida».

Blanche no está «herida». No se reconoce en ese retrato del sexo al que se supone débil. No le interesa ese discurso, cuyo único fin, dice, es mantener a las mujeres en el sometimiento y la inferioridad. Es tan capaz como un hombre de conducir ese chisme, y lo va a demostrar. Albin está desconcertado. Menciona la peligrosidad del biciclo, ampliamente expuesta en la prensa: debido al tamaño de la rueda delantera, la velocidad es elevada y provoca numerosos accidentes. No sabe que Blanche es más tozuda que él, como comprobará a lo largo de toda una vida en común. Falto de argumentos, acaba cediendo.

Sin embargo, sigue habiendo un problema: a Blanche le costará pedalear con la falda. Lo ideal sería que llevara pantalón, pero las mujeres no lo tienen permitido. La ley prohíbe lo que la sociedad considera travestismo. Cualquier solicitud requiere de la obtención de una dispensa en la prefectura de policía. En esos últimos días del año 1888, Albin ignora que van a someter a votación una circular para levantar esa prohibición «parcialmente», sólo para que las mujeres empuñen «las riendas de un caballo o el manillar de una bicicleta». Está en marcha una minirrevolución, una emancipación en forma de vehículo de dos ruedas y pantalón.

Por eso que no quede: ¡Blanche buscará el atuendo adecuado! ¡Al diablo con la ley y los impedimentos! La cita queda fijada.

Al día siguiente, Blanche se encuentra con Albin en un camino solitario en las afueras de la ciudad. Situado en un rellano de una colina, es un terreno de entrenamiento ideal. Blanche se ha puesto la ropa que usa para montar a caballo. Albin la ve llegar entre receloso y regocijado. Ella lo saluda, se quita el sombrero aleluya y lo deja bajo un árbol: no quiere arriesgarse a estropearlo. Se acerca y, con actitud desafiante, observa el velocípedo.

Albin le ofrece la mano para ayudarla a montar. Blanche la acepta, sin saber que lo hace para toda la vida. Lo que están a punto de iniciar es mucho más que una clase de ir en bicicleta: es una asociación, un tándem.

Las ruedas empiezan a girar. Blanche, desestabilizada, intenta mantener el equilibrio. Recorre uno o dos metros y va a parar al suelo. Albin corre hacia ella. Sin necesidad: Blanche ya se ha levantado. Se ha desgarrado la chaqueta y rasguñado los brazos, pero es igual, quiere intentarlo de nuevo. Una vez, dos, tres. Blanche cae y vuelve a levantarse, pero no se desanima. Quiere conseguirlo.

Va a conseguirlo.

Su tozudez sorprende a Albin. Tras una hora de intentos fallidos, Blanche logra al fin pedalear. Acelera y lanza un grito de triunfo.

Subida en la bicicleta, la invade una sensación nueva: la de una libertad infinita. Ella es la responsable única de su avance, de su velocidad, de su dirección. Así es como quiere vivir su vida, sin trabas, con el pelo al viento. Desde allí arriba, ve el mundo de otra manera. Y ese día, en aquel camino solitario, al lado de aquel hombre al que acaba de conocer, le parece más hermoso. Viéndola pedalear, Albin está seguro de algo: quiere pasar la vida al lado de esa mujer tan singular. Le gusta todo lo que ve en ella: su voluntad, su rechazo de las convenciones, su fuerza, su alegría extraña. Quiere saberlo todo de ella, compartirlo todo.

El velocípedo vacila. Blanche ha empezado a bajar una cuesta y coge velocidad. Albin palidece: no le ha dicho cómo se frena. Echa a correr para alcanzarla. La bicicleta se embala. Blanche acaba encontrando el freno y lo aprieta de golpe. Al instante, la rueda se bloquea y la joven oficial sale despedida por encima del manillar. Da una voltereta en el aire y aterriza de espaldas en el suelo.

Sol.

Así es la entrada de Blanche en la vida de Albin.

El chico se abalanza sobre ella, aterrado. Se culpa de lo ocurrido, no debería haberla dejado montar, es un vehículo muy peligroso... Blanche está cubierta de moretones y se ha desgarrado la chaqueta, pero no se ha roto nada. Le estrecha la mano y le da las gracias: nunca se ha sentido tan libre como ese día.

Albin se queda mudo. Blanche no tardará en irse. En ponerse el sombrero aleluya y desaparecer. Su misión en Ginebra ha terminado, mañana cogerá el tren a París. Su historia en común acabará allí, en aquel camino de tierra, antes de haber empezado. Albin no sabe cómo retenerla. Hay tantas cosas que le gustaría decirle... Pero no le salen. Le gustaría confesarle que se ve a su lado dentro de un año, de diez, de veinte. Que quiere ser el hombre que la acompañe. Que no intentará encerrarla, que respetará su libertad, su lucha. Es más, la compartirá. Que juntos harán grandes cosas, llevarán a cabo grandes proyectos. Sólo tiene diecinueve años, no sabe nada de la vida, pero eso sí lo sabe: quiere estar con ella, ahora y mientras siga en este mundo.

Las palabras se atropellan, se arremolinan en su mente, pero no salen. Blanche ha empezado a alejarse. En ese momento, Albin echa a correr tras ella y grita dos palabras que no ha premeditado:

—¡Cásate conmigo!

Blanche se vuelve, sorprendida. No está segura de haberlo oído bien. Él repite, asombrado de su propia audacia.

—¡Cásate conmigo!

Blanche lo mira sin dar crédito. El chico no parece estar bromeando. A decir verdad, Albin nunca ha hablado tan en serio en su vida. Se acerca a ella y prosigue: está conforme con todo. Con lo que ella piensa, con lo que ella dice, con anteponer la causa, a ella y a él, también está de acuerdo en eso. Su matrimonio no será una prisión, una servidumbre, sino una asociación. Blanche nunca será una mujer sometida, sino una guerrera que luchará a su lado. No serán sólo esposos, sino compañeros de armas, soldados, aliados.

No tiene anillo ni guantes blancos; la única ofrenda es ésa, la promesa de una unión que será más que un matrimonio: será un proyecto vital. Un camino por el que avanzar juntos, cogidos de la mano, en nombre de la causa que han elegido. Por supuesto, habrá obstáculos, decepciones y desencantos, habrá discusiones y contradicciones, pero también victorias. Está seguro. Blanche tiene un carácter fuerte, como él. Un fuego ardiente la posee. Juntos serán más fuertes. Solo, nunca se llega muy lejos.

Albin ha soltado la parrafada de un tirón. Su declaración impresiona a Blanche. En ese momento, ella tiene la sensación de ver su interior más claramente de lo que nunca ha visto el de nadie. Este hombre es como yo, se dice, está hecho de la misma pasta. Acaba de encontrar a un *alter ego*, a un alma gemela, a la que reconoce aquel atardecer, en aquel camino solitario.

Así que no necesita mucho tiempo para decidir. No se lo piensa. Olvidándose de sus votos de celibato y del juramento que la une a Evangeline, Blanche deja escapar una palabra, una palabra muy corta, que lo cambiará todo: «Sí.»

Sí al camino juntos.

Sí a la lucha compartida.

Sí a ser tu amiga, tu compañera, tu socia.

Sí a batallar a tu lado toda mi vida.

Sí, quiero.

¡Adelante!

Blanche se casa con Albin el 30 de abril de 1891, en una ceremonia que han ideado ellos mismos. Hacen su entrada al son de las panderetas, entre sus amigos del Ejército. Suena *La Marsellesa*. Dan su consentimiento bajo la bandera del Ejército con el lema SANGRE Y FUEGO, que se ha desplegado para ellos.

Su unión durará cuarenta y dos años. Lo que Albin le prometió a Blanche ese día en el camino de tierra se hará realidad. Su matrimonio será una sociedad en todo momento.

Esa noche de noviembre de 1925, Blanche tiene cincuenta y ocho años. Mientras la ve alejarse bajo la nieve por las calles de París, Albin piensa que sigue siendo aquella mujer libre y voluntariosa, aquella oficial joven y obstinada subida al velocípedo. Su tozudez es un don, un motor que la hace avanzar.

Blanche está enferma pero viva.
Y aún le quedan grandes proyectos que realizar.

8

Concentrada en el móvil, Solène no ve pasar las estaciones de metro. Acaba de leer un artículo titulado «Mujeres y precariedad». Desde hace algún tiempo, el tema le interesa especialmente. La conclusión del estudio es alarmante: las mujeres son las principales víctimas de la pobreza, las principales beneficiarias de la Renta de Solidaridad Activa. Representan el setenta por ciento de los trabajadores pobres. Más de la mitad de las personas que recurren a los bancos de alimentos son madres solteras. La cifra, en aumento constante, se ha duplicado en cuatro años. El número de mujeres con hijos que solicita plaza en hogares de acogida crece exponencialmente.

Solène levanta la cabeza, consternada. Se da cuenta de que el metro se ha detenido en la estación de Charonne. Es la suya. Sale corriendo al andén y vuelve a subir a la calle. Al pasar por delante del supermercado, se acuerda de la carta que redactó para la bebe-

71

dora de té. El jueves siguiente, cuando volvió al palacio, la mujer estaba allí, rodeada de sus compañeras, en el mismo sitio. Cuando vio entrar a Solène, se levantó, se acercó a ella y se limitó a decirle: «Me han devuelto el dinero.»

Y la victoria, enorme y ridícula al mismo tiempo, hizo sonreír a Solène. Una victoria de dos euros, que le dio calor. Una llamita se encendió dentro de ella. Pensó en todos los juicios que había ganado, en los millones que se habían disputado las partes como si pelearan por el balón en un campo de rugby. En las fortunas que habían amasado sus clientes, en las minutas astronómicas que había facturado el bufete, en las cenas regadas con champán a las que había sido invitada en sitios de excepción. Había celebrado triunfos, pero con ninguno se había alegrado de verdad. Se había quedado aparte, en la periferia de sus emociones, anestesiada. Aquella victoria le producía una sensación diferente. La de estar en su sitio. En el lugar adecuado, en el momento adecuado.

La mujer no le dio las gracias. Pero llenó una taza de té y la dejó en la mesa en la que Solène acababa de instalarse.

Sentada en medio de la sala, Solène se tomó la bebida caliente y dulce celebrando interiormente los dos euros que se habían recuperado. El té estaba delicioso, mejor que todas las copas de champán a las que la habían invitado, y lo saboreó hasta el último sorbo.

Ya hace un mes que cruzó por primera vez la puerta del palacio. Está empezando a hallar su sitio. Léonard tenía razón: las residentes son desconfiadas, hay que familiarizarse con ellas, hacerse valer. A Solène se le ha ocurrido imprimir unos letreros para anunciar sus servicios y clavarlos con chinchetas en el vestíbulo principal.

Hoy las bebedoras de té la han saludado. La tejedora no ha alzado la vista; la habría sorprendido que lo hiciera. La mujer de los capazos duerme en un rincón hecha un ovillo. Desde la mesa que ahora le está reservada, Solène ve llegar a la serbia, acompañada por su carrito indescriptible. Palidece. No se siente con ánimos para enfrentarse a otra sesión de tortura. La aguardan tareas más importantes, al menos eso espera. Trata de esconderse tras la pantalla del portátil, como la tejedora detrás de la maceta con flores. Demasiado tarde, la serbia la ha visto. Va directa hacia ella y se sienta sin esperar a que la invite. Solène procura poner buena cara. Con mucha diplomacia, le explica que hoy no tiene tiempo para leer. De hecho, está allí para escribir. Sí, es escribiente pública (la expresión todavía le suena rara, le cuesta pronunciarla, como si no se sintiera del todo con derecho a hacerlo). La serbia asiente: escribir también está bien. Justamente necesita enviar una carta. A Isabel, precisa. Pero no tiene la dirección.

Pues empezamos bien, piensa Solène. Otro calvario... La serbia la monopoliza para nada. A Solène le gustaría dedicar su hora a cosas más útiles. Pero no puede cortarla por lo sano...

—¿Es una pariente, una amiga suya? —le pregunta.

La serbia niega con la cabeza. No, es Isabel.

—Isabel II. De Inglaterra. Quiero un autógrafo —explica—. Tengo varios, pero el suyo no.

Solène no responde, se queda aterrada. Esta mujer, que carece de todo, que vive en un hogar, que ha tenido una vida muy dura que conoce por la directora, esta mujer destrozada, maltratada, marcada por la guerra, los abusos y la prostitución, sólo tiene una cosa que pedir: una firma en un trozo de papel.

Solène no sabe qué contestar a eso. La petición la desconcierta y la sacude por igual. La serbia no parece estar loca. Pero da la sensación de que vive en su propio mundo, el cual quizá construyó para protegerse de las desgracias que ha sufrido.

A Solène le gustaría decirle que su petición es inútil, que la reina de Inglaterra no le contestará. Que duerme en un palacio, uno de verdad, muy lejos del suyo. Que nació en un mundo donde las bombas no hacen pedazos a los niños ante los ojos de sus madres, donde un grupo de diez soldados no se dedica a violar a mujeres antes de entregarlas a una red de prostitución. Le gustaría decirle que a Isabel la traen sin cuidado sus desgracias, su vida y el cuerpo torturado que arrastra por todas partes, como arrastra su carrito. Le gustaría decirle todo eso, pero no lo hace.

Después de todo, ¿por qué no? Escribirle una carta a la reina de Inglaterra es mejor que pasarse dos horas leyendo folletos y ofertas. Solène enciende el MacBook y empieza a teclear.

—De Cvetana —precisa la serbia—. Con ce.

*

Solène no sabe cómo empezar. «Querida reina Isabel...» ¿No es demasiado familiar? Lo borra y comienza de nuevo. ¿«Vuestra Alteza Serenísima»? Desconoce cuál es el tratamiento adecuado. En sus quince años de abogada le ha dado tiempo a dominar las fórmulas de cortesía, pero ésa no la sabe. No está muy puesta en cuestiones de protocolo. «Debería ver más a menudo los reportajes sobre testas coronadas», se dice con ironía. Tras una breve búsqueda en internet, opta por la sobriedad; mejor prescindir de las frases ampulosas, los «Ruego a Su Majestad se digne aceptar la expresión de mi más profundo respeto» y los «Sírvase aceptar la seguridad del muy sincero afecto con el que tengo el honor de ser su muy humilde servidor». Estará bien para Buckingham, pero no pega mucho en el Palacio de la Mujer.

Solène termina de escribir la carta y la lee en voz alta. Cvetana niega con la cabeza.

—No sirve. Hay que escribirla en inglés.

Solène guarda silencio, avergonzada. Es una observación llena de sentido común. Para la reina de Inglaterra, en inglés, está más claro que el agua.

En ese instante, una mujer de unos treinta años irrumpe en la sala. Solène reconoce a la residente que abordó a la directora el día de su primera visita al palacio. Parece furiosa, y se lanza hacia las bebedoras de té. Empieza a gritar que «está hasta las narices de las tatas, que la placa de la cocina del segundo piso vuelve a estar escacharrada, ¿qué se creen, que están en su casa? Está harta de oírlas hasta medianoche, hay gen-

75

te que duerme, o al menos lo intenta, y ya está bien de dejar los cochecitos en el pasillo, ¡la próxima vez que vea uno lo cogerá y lo venderá en eBay, así al menos se sacará algo!».

La tejedora levanta los ojos de las agujas con cara inexpresiva y la mujer de los capazos se despierta sobresaltada.

—Podrías hacer menos ruido... —protesta.

La treintañera reacciona de inmediato:

—¿Y tú qué haces sobando aquí? ¡Ésta es la sala común, tienes una habitación y una cama, si quieres dormir en un banco sólo tienes que volver a la calle, así dejarás una plaza libre para alguien que la necesite de verdad!

La mujer de los capazos se enfada.

—¡Qué sabrás tú de la calle! ¡No has paseado el culo por ella en tu vida!

—¡Mi culo ha visto de todo! —responde la otra gritando aún más fuerte—. ¡Y cosas peores que el tuyo!

—¡Me extrañaría mucho! ¿Quieres compararte conmigo? —replica la mujer de los capazos—. ¿Cuántas veces te han violado?

Las bebedoras de té meten baza, el tono sube... No haría falta mucho más para que llegaran a las manos.

Solène, atónita, ha dejado de escribir. Frente a ella, Cvetana, que sin duda está acostumbrada a esto, se encoge de hombros.

—Es Cynthia. Está cabreada. Cynthia siempre está cabreada.

La chica de recepción acude a poner paz. Le pide a Cynthia que se calme. Ya le han suspendido las visitas durante un mes; si sigue así, se arriesga a una nueva sanción. Tras un último insulto a las tatas y a la mujer de los capazos, Cynthia acaba yéndose.

El silencio vuelve a instalarse en la gran sala. Solène se da cuenta de que Cvetana ha desaparecido. Se ha ido con el carrito sin esperar a que hubiera terminado de redactar la carta. Solène mira el texto en inglés que acaba de escribir. ¿Qué hace con él? ¿Lo tira? ¿Lo manda? ¿Lo guarda para la próxima vez?

La irrupción de Cynthia ha enfriado el ambiente. La tejedora ha recogido los bártulos, lo mismo que la mujer de los capazos. Las bebedoras de té también desfilan. Es hora de volver a casa. Solène mete la carta en el bolso y se pone el abrigo. En ese momento ve a la niña de las golosinas, que acaba de aparecer. Sigue a su madre y va comiendo ositos de nube cubiertos de chocolate. Como la vez anterior, cuando pasa por delante de Solène, se le acerca, saca un osito de la bolsa y se lo tiende. Solène coge la golosina e intenta entablar conversación con la pequeña.
—¿Cómo te llamas? —le pregunta.
La niña no responde. Se aleja en dirección a la escalera y desaparece.

¿Qué sentido tiene todo aquello? Solène no lo sabe. Se le escapa algo de aquel sitio, de aquellas mujeres con las que se codea sin conocerlas realmente. No tiene la clave para descifrar sus almas y sus comportamientos, no tiene el manual de instrucciones, pero siente que, poco a poco, está ganándose un sitio allí.

Léonard tenía razón, se dice mientras abandona el palacio. Se necesita tiempo.

9

Ha ocurrido esta mañana. Lo que temía desde hacía años. Sabía que pasaría algún día, que acabaría encontrándoselo. Por amigos comunes, estaba al tanto de que se había mudado a aquel barrio.

Jérémy, su gran amor, al que no ha olvidado.

Ha salido a echar al correo la carta para Isabel. Tras pensárselo bien, se ha dicho que merecía la pena mandarla. Después de todo, la había escrito y traducido. Y además, la serbia tenía derecho a soñar. La vida se lo había quitado todo, pero le quedaba eso, el derecho a esperar, a evadirse coleccionando firmas de testas coronadas. ¿Quién era ella para decidir sobre la inutilidad de aquella tentativa? Un poco de polvo en los ojos, un poco de Buckingham en una vida destrozada. Como el que echa azúcar en un mal café. No le cambia el sabor, pero lo hace más soportable.

Al escribir la dirección en el sobre, ha sonreído: «Isabel II, Buckingham Palace, Londres, Inglaterra.»

En el remitente ha puesto la del Palacio de la Mujer. En ese momento ha caído en la cuenta de que no sabía el apellido de Cvetana. Ha puesto el suyo. Si ocurre el milagro de que la respondan, la chica de recepción se la entregará.

Cuando ha introducido el sobre en el buzón con el letrero PROVINCIAS Y EXTRANJERO, le ha entrado la risa floja. Y todo para esto, ha pensado. La larga carrera de Derecho, el examen para abogado, los años en el bufete, un *burnout* y la terapia, para acabar así. La vida está llena de ironía.

Cuando está a punto de volverse, ve a Jérémy al otro lado de la calle. Acompañado de una mujer joven y un niño de dos años. Solène se queda paralizada. El corazón se le acelera, las manos empiezan a temblarle... Permanece inmóvil, petrificada, como una cierva atrapada en los haces de luz de unos faros en la oscuridad de una carretera solitaria.

Jérémy, que está recogiendo el chupete que se le acaba de caer a su hijo, no la ha visto. Solène se fija en el niño: el vivo retrato de su padre, rasgo a rasgo. Otra versión de él: fresca, radiante, rebosante de vida y buena salud. Una versión a la que dan ganas de abrazar y besar.

Jérémy no quería hijos, no quería compromisos, se lo había dicho. Solène aceptó esa opción. No vivían juntos y se encontraban para compartir los buenos momentos. Habían viajado a Londres, Nueva York, Berlín, visitaban exposiciones de arte contemporáneo, cenaban en los mejores restaurantes... Aquella vida le convenía, o al menos había conseguido convencerse de ello.

La felicidad de los demás es cruel. Te pone delante un espejo despiadado. La soledad vuelve a caerle encima de golpe. El hijo que él no quería se lo ha hecho a otra. Ésa es la verdad. Ese niño de dos años es más que una rectificación: es una traición. En ese momento, Solène se siente estafada, despojada del bebé que nunca llevó en su vientre, de todas las cosas que nunca se atrevió confesar que le apetecían. Para que la quisieran, se convirtió en lo que se esperaba que fuera. Se amoldó a los deseos de los demás, renegando de los suyos. Y por el camino se perdió. En la calle, enfrente de Jérémy, tiene la sensación de que toda su vida desfila ante sus ojos a cámara rápida, como una película en la que no participa. Debería ser ella quien camina a su lado, se dice, quien recoge el chupete del suelo. Quien dice «no, no hay más caramelos». Quien le pasa la mano por el pelo revuelto.

La herida seguía ahí, en carne viva. Solène creía haberla cerrado a base de grandes logros profesionales, de ascensos en el bufete. Se equivocaba. Pese a los bálsamos y los ungüentos, no ha cicatrizado.

«El tiempo todo lo cura», dice el refrán.

Todo menos eso. Hay duelos que no se hacen. Jérémy es de ésos.

Solène vuelve a casa, helada. Se imagina el piso de Jérémy, alegremente desordenado, lleno de juguetes, de llantos infantiles, de biberones, de galletas pisadas.

Le dan ganas de gritar. Podría venirse abajo, pasarse el día llorando en la cama.

Por suerte, es jueves. Hoy tiene que ir al palacio. El voluntariado la va a salvar. Aún no es la hora, pero no importa, irá antes. Cualquier cosa en lugar de quedarse allí contemplando su vida echada a perder.

Sale de casa a toda prisa, huye. Pasa por delante de la panadería, le da una moneda a la sin techo, se sumerge en el metro. Dejar de pensar, perderse en la vida de los demás, como en otros tiempos se perdía en los dosieres. Es su último recurso, lo sabe, pero no tiene ninguna otra cosa a la que agarrarse.

En la calle que lleva al palacio, Solène afloja el paso. Ve a la tejedora, sentada en la acera un poco más adelante. En un trozo de tela extendido ante ella, expone sus labores, jerséis para adultos y niños, calcetines para bebés, chaquetas, guantes, bufandas, gorros... Solène duda. Se acerca, intrigada. Una pareja observa las prendas. Al lado de cada una hay un precio. Un precio irrisorio, simbólico: los calcetines, a diez euros; los chalecos, a veinte... Todos, trabajos excelentes, elaborados, cuidadosos. Solène no puede evitar imaginarse lo que costarían en unos grandes almacenes. De cinco a diez veces más, seguro. Los jerséis son obras de arte, se dice. Aquella mujer tiene unas manos de oro. Un talento malgastado, qué pena.

No se atreve a acercarse más. La pareja se interesa por un par de calcetincitos. Ofrecen la mitad de lo que valen. La tejedora está a punto de aceptar. Cinco euros. Cinco euros por unos calcetines hechos a mano. Menos de lo que cuesta la lana. Cinco euros por horas de trabajo realizado con paciencia y minuciosidad. Solène se sonroja. Vuelve a brotar la cólera, la misma que sintió mientras escribía la reclamación para la bebedora de té. Una ola de rabia la inunda. No tenía intención de intervenir, pero no puede aguantarse. Interpela a la pareja. ¿No les da vergüenza regatear? Pagarían diez veces más en cualquier tienda de un buen barrio. Son unos calcetines estupendos, la lana es suave, sedosa, de calidad. ¡Son diez euros, lo toman o lo dejan! La pareja mira a Solène estupefacta, igual que la tejedora, que parece preguntarse por qué se entromete en sus negocios. Los clientes dejan los calcetines y se van sin comprar nada, enfadados.

Solène se queda inmóvil en la acera, consternada. La tejedora la fulmina con la mirada. No dice nada, pero sus ojos hablan por ella. Solène farfulla unas frases de disculpa. No sabe por qué se ha puesto así. Por su culpa la mujer ha perdido cinco euros, y ahora Solène sabe lo que cinco euros significan. Se dispone a irse, confusa, pero cambia de opinión. Saca el monedero y dice que se queda los calcetines. La tejedora la mira sorprendida. Solène coge la prenda y le tiende un billete.

Mientras se aleja hacia el palacio, piensa en Jérémy y en el niño que nunca ha llevado en su vientre. En los calcetines que acaba de comprar. Un bonito gesto, pero inútil.

Son talla diecisiete, ha dicho la tejedora. De recién nacido.

10

La recepcionista parece sorprendida de verla llegar tan pronto.

—Hoy he venido antes de hora —se limita a decir Solène.

Por supuesto, no menciona a Jérémy, no menciona al niño, no menciona la pena que ha sentido al verlos. No habla del desmoronamiento, del abismo que se ha abierto bajo sus pies. No habla de los calcetines para recién nacido que acaba de comprar.

—Es una suerte —responde la chica—, porque hay una residente que la busca.

Solène se detiene un momento, sorprendida. Es la primera vez que preguntan por ella, que expresan el deseo de hablar con ella. Estupendo. Hoy más que nunca siente la necesidad de serle útil a alguien.

La chica le señala a una mujer que está sentada en la sala común. Solène reconoce a la madre de la niña de las golosinas. La pequeña no está; la residente se encuentra sola. Las bebedoras de té aún no han llegado. Ni rastro de la mujer de los capazos, ni de Cynthia, *la Cabreada*. Solène se acerca.

—Me han dicho que me buscaba —se aventura a decir.

La mujer sale de su ensimismamiento.

—Parece que escribe usted cartas. Me gustaría enviarle una a mi hijo, a mi país.

Solène asiente y se sienta a su lado. Se toma un momento para observar su rostro: la madre se parece a la hija. Tiene el pelo recogido con trencitas, como la niña, y la misma intensidad en la mirada. Y también la misma tristeza, esa actitud de distanciamiento ante la vida.

Con unos movimientos que ya se le han hecho rutinarios, Solène deja en la mesa el portátil y la pequeña impresora que se ha acostumbrado a llevar, dos aparatos livianos, fáciles de transportar. Enciende el MacBook. Al fin lista, espera la señal de la residente para empezar a escribir.

Sin embargo, la mujer no dice nada. Solène tiene la sensación de que no sabe por dónde empezar. Parece conmovida, desamparada. Solène ignora cómo ayudarla. Le falta experiencia: la carta a Isabel y la reclamación al supermercado han sido su único entrenamiento. Sin duda es mucho más complicado escribirle a un hijo que a la reina de Inglaterra, se dice. A modo de introducción, decide preguntarle cómo se llama el chico.

—Khalidou —responde la mujer.

Al pronunciar el nombre, su mirada se ilumina y, al mismo tiempo, se nubla debido a la pena. En sus ojos hay amor y hay añoranza. Hay exilio. El viaje interminable que hizo hasta allí. La gente a la que dejó atrás, en su tierra. Y sobre todo Khalidou, su hijo, su querido hijo. Al que no se pudo llevar con ella. Al que estrecha entre los brazos con el pensamiento todas las noches, mientras se pregunta si podrá perdonarla algún día. Le gustaría explicarle por qué se marchó. Por qué se llevó a Sumeya, su hermana pequeña, y no a él. Le gustaría contarle lo que les hacen a las niñas en su país, Guinea. Recuerda el día que cumplió cuatro años, se la llevaron y le inmovilizaron las piernas. Recuerda el dolor lacerante que la partió en dos e hizo que se desmayara, un dolor que se reavivó su noche de bodas y en cada uno de sus partos, como un castigo que se renueva sin cesar. Un horror que se perpetúa de generación en generación. Un crimen contra la feminidad.

Ella no quería eso para su hija.
No, por Dios, para Sumeya no.

Sin embargo, sabía que era inevitable. En Guinea, casi la totalidad de las mujeres están mutiladas. Una vez oyó la cifra en la radio: el noventa y seis por ciento de la población femenina. No fue a la escuela, pero sabe lo que significa ese porcentaje. Significa su madre, sus hermanas, sus vecinas, sus primas, sus amigas. Significa todas las mujeres de su barrio, todas las mujeres que conoce.

Y también significa Sumeya.

Suplicó a su marido en vano. Sabía que quien decidía no era él, sino su familia. Por desgracia es demasiado tarde, le respondió, la ceremonia está programada. La abuela materna se encargará de hacerlo, como manda la tradición.

La mujer decidió huir para salvar a Sumeya. Una amiga la informó sobre cómo escapar.

—Puedes llevar a un hijo —le dijo—. Con dos no pasarás.

Así que eligió.

Hizo la elección más terrible, más desgarradora de su vida. Una elección necesaria, indispensable y demencial. Una elección que la perseguirá eternamente.

Llegó al palacio hace un año, tras meses de viaje agotador. Sumeya se ha salvado.

Para ella, en cambio, la vida se ha detenido. De lo que ha vivido ella, no te recuperas. Le amputaron una parte de sí misma, tanto en el sentido propio como en el figurado. Tiene el corazón partido en dos, dividido entre África y las cuatro paredes del palacio.

Solène la ha escuchado en silencio, conmocionada. ¿Qué se puede decir a eso? Ahora comprende la pena que hay en sus ojos, esa tristeza milenaria que lleva consigo como quien arrastra una cruz. La de los millones de mujeres mutiladas, atacadas en su integridad física a lo largo de los siglos en nombre de tradiciones tan ancestrales como inhumanas que continúan perpetuándose.

En el palacio son muchas las que han huido del destino reservado a sus hijas. Provienen de Egipto, de Sudán, de Nigeria, de Mali, de Etiopía, de Somalia, países donde la práctica aún es corriente. Solène piensa en la pequeña, en las golosinas que come mientras cruza la sala común sin saber que su madre la salvó. Rompió el círculo infernal, hizo saltar un eslabón de la cadena. Liberó a Sumeya y a todas sus descendientes. A las generaciones que las sucederán. Nunca más. Se llama Binta, pero en el hogar todas la llaman «Tata». «Tata» es el nombre que reciben las africanas como ella. Un nombre protector, tranquilizador, maternal.

Tata mira a Solène a los ojos. Espera. Hace tan sólo unos instantes no se conocían. Ahora Solène es la depositaria del pasado de Binta. Y no sabe qué hacer con él. ¿Con qué palabras debería dirigirse a Khalidou? ¿Qué palabras debería utilizar para contarle todo eso? Ante tanto sufrimiento, las palabras, las pobres palabras, son impotentes. Esta mujer acaba de confiar los detalles de su vida como se confía un secreto, una carga, una pesadilla. Y, con los ojos llenos de esperanza, aguarda las palabras que Solène va a ponerle a su historia.

—Escriba, por favor. Dígale a mi hijo que lo siento mucho.

En ese instante, en ese preciso instante, Solène lo siente: de pronto, el dique cede. Una emoción incontrolable se apodera de ella. Delante de Binta, se echa a llorar, o más bien se viene abajo. No es llanto, es mucho más que eso. En sus lágrimas está Jérémy, está el bebé que nunca tendrán, los calcetines que ha comprado sin saber por qué. Está el sufrimiento de Tata, sus cuatro años profanados, está la niña de las golosinas, está

Khalidou, que se quedó en Guinea. Está todo eso y mucho más, la pena que ya no puede contener, que ya no puede ocultar. Ahora hay que arrojarla al mundo, echarla fuera, sacársela de la cabeza, del cuerpo entero.

Le da vergüenza, muchísima vergüenza. Llorar delante de esta mujer, que ha vivido el infierno. Esta mujer, que ahora la rodea con los brazos y la consuela como haría una madre.

—Llora —le dice—. Vamos, llora. Te sentará bien.

Solène ya no se contiene, deja brotar la pena. Ya no es más que eso, la pena vertida sobre el hombro de Tata. En sus brazos, es una niña pequeña. Es Khalidou, Sumeya, es todos los niños al mismo tiempo.

Es la primera vez que se desmorona de esa manera. Nunca se ha venido abajo delante de nadie. Cuando Jérémy la dejó, no dijo nada. Puso cara de incredulidad y luego lloró durante largas noches, en secreto.

Pero hoy no. Allí no. En los brazos de Binta, Solène se abandona. Como si, por extraño que parezca, sintiera que la mujer puede contener su pena, comprenderla mejor de lo que nadie la ha comprendido nunca. No se conocen, pero en ese instante están próximas, muy próximas. Dos hermanas que no necesitan hablar. No necesitan palabras, sólo eso, ese abrazo, ese momento compartido.

Las bebedoras de té se les han acercado. Miran a Solène, sorprendidas. Preguntan qué ha pasado. Binta las aparta con un gesto, como una loba protegiendo a su cría.

—Dejadla respirar.

Una de ellas, la mujer de los dos euros, va a buscar té, otra, pañuelos de papel. Poco a poco, Solène se calma. Tiene los ojos rojos e hinchados. Qué ironía, se dice, una abogada hecha una Magdalena en medio de un hogar para mujeres en riesgo de exclusión. Se suponía que era ella quien tenía que ayudarlas...

Al diablo con el qué dirán, al diablo con las formas. De pronto, Solène tiene la sensación de haberse liberado de un peso que llevaba soportando mucho tiempo, de una armadura demasiado pesada que acaba de dejar allí, a los pies de Binta, en la gran sala común. Así se siente más ligera, aliviada.

A base de tazas de té y pañuelos de papel, recobra la serenidad. Mientras tanto, Binta delibera con las tatas, que se han reunido a su alrededor.

—No podemos dejarla así —les susurra.

Hablan durante unos instantes, y Binta vuelve junto a Solène y emite un veredicto inapelable:

—Te vienes con nosotras. Te llevamos a zumba.

11

París, 1925

Blanche tirita bajo la chaqueta de punto. Albin tenía razón, esta noche de noviembre es glacial. El frío atraviesa el cuero de las botas y la lana de los abrigos. Penetra en la carne como la hoja de un cuchillo. Blanche ya no siente los pies y tiene las manos entumecidas, congeladas. Le cuesta mover los dedos. Pero tiene que seguir. Esta noche acompaña a la Brigada de la Sopa de Medianoche, la nueva ofensiva contra el hambre y el frío que acaban de lanzar Albin y ella. Blanche quiere supervisar personalmente la distribución de las primeras cenas.

—Buenas noches, señora comisaria —la saluda una oficial.

«Comisaria.» Aún no se ha acostumbrado a que la llamen así. Nunca la ha movido ningún tipo de ambición personal, pero ese título la llena de orgullo, tiene que admitirlo. Es la distinción más alta del Ejército a nivel nacional. La recibió juntamente con Al-

91

bin. Comparten el título y las responsabilidades, como comparten todo lo demás. «Los Peyron», como suelen llamarlos, dando a entender que son indisociables, han llegado a la cúspide de la jerarquía, al frente del Ejército.

El camino ha sido largo y difícil. Durante los años inmediatamente posteriores a su boda, la organización sufrió sus peores reveses. Llegó a estar al borde de la disolución debido a la falta de medios. Se cerraron sedes en casi todas partes. Las ciudades y los pueblos de Francia se resistieron sin excepción al proyecto del pastor inglés. Sobre todo París. París, a la que sin embargo tanto ama Blanche. París, a la que no conocía y donde ahora cada piedra le resulta extrañamente familiar. París es su campo de batalla favorito de entre todos los que ha pisado. Aquel en el que persisten las mayores desigualdades. Aquel en el que se pisotea a los más necesitados. París será la lucha de su vida.

Durante ese período, Blanche trae al mundo seis hijos. Fiel a sus votos, prosigue su lucha en las filas del Ejército, multiplicando las colectas en provincias y en el extranjero, sacrificando sus horas de sueño y su salud. Embarazada casi constantemente, en ocasiones debe interrumpir una conferencia para ir a dar a luz, antes de volver a salir hacia el frente.

En cuanto a Albin, es el compañero fiel y abnegado que le prometió que sería. Se turna con Blanche para cuidar de los niños, de forma que ambos puedan trabajar. Con el paso de los años, su dúo se afina, como dos instrumentos que se armonizan el uno con el otro, como las dos ruedas de una bicicleta avanzando simultáneamente.

Los esfuerzos acaban dando frutos. Tras años de penurias y recesión, el Ejército experimenta un despegue espectacular. Bajo la jefatura de los Peyron, se inicia una era de grandes construcciones y proyectos ambiciosos. Blanche y Albin fundan el Palacio del Pueblo, en el barrio parisino de los Gobelinos, un hogar social para hombres sin techo, y el refugio de la Fontaine-au-Roi para mujeres. Con su impulso, las viviendas y los hogares florecen en las provincias de forma casi general: en Lyon, Nimes, Mulhouse, el Havre, Valenciennes, Marsella, Lille, Metz, Reims... Crean el Ropero del Pobre, que reparte muebles y ropa, y la Sopa de Medianoche, cuyo caldero recorre las calles de París para alimentar a los más necesitados.

Esa noche son muchos los que se apelotonan alrededor de una «olla noruega» enorme que han instalado en una carretilla de mano. Hacen cola en el frío por unas cucharadas de caldo, que a veces son su única comida en todo el día. Las oficiales del Ejército reparten mantas y pan. Doscientas sopas para doscientos estómagos. Es muy poco, Blanche lo sabe. Los hambrientos se cuentan por miles.

—No tenemos dinero —murmura un sin techo rechazando el cuenco que le tienden.

—Nosotros no vendemos la sopa, la regalamos —responde Blanche espirando sobre sus dedos amoratados para calentárselos.

Los escasos viandantes que pasan por allí se deslizan por la calzada, impacientes por llegar a casa. No se detienen. La pobreza asusta, aparta, ahuyenta. Se acerca la medianoche. Las calles no tardarán en llenarse otra vez de ruido y animación. Los teatros y cabarés se vaciarán de espectadores, que regresarán a sus casas acogedoras. Al pensar en ello, a Blanche se le encoge el corazón. ¿Quién se acordará de los cinco mil indigentes que vagan por París sin cama ni techo?

Blanche conoce la noche parisina. Se patea la capital, el auténtico París, muy alejado de la imagen de Épinal, de la Concordia o los Campos Elíseos. Recorre la rue de Bièvre, la de Trois-Portes, la Frédéric-Sauton, entra en los cafés de la place Maubert, donde decenas de hombres y mujeres duermen con los brazos cruzados sobre una mesa y la cabeza apoyada en ellos... Es verdad, el vino calienta y reconforta. Blanche se abre paso entre esa masa humana indiferenciada. La imagen la conmueve siempre. Hay quien se acostumbra; ella, no. Luego vienen los puentes próximos a Notre-Dame, la orilla derecha, las callejas negras y estrechas del barrio de Les Halles. El «vientre de París» está lleno de rincones oscuros en los que la desgracia se amontona entre la mugre y el frío.

La empatía sigue ahí. No la ha abandonado. Blanche es una caja de resonancia para el sufrimiento ajeno. En cuanto la toca, reverbera y se multiplica. A la comisaria le cuesta dormir en una cama sabiendo que algunos pasan la noche al raso. Cuando tienen frío, ella también tirita.

Las mujeres la conmueven de forma especial. Son sus «hermanas de la calle», sus *slum sisters*, como las llaman los ingleses. Blanche se reconoce en cada una de ellas. Ve otra versión de sí misma, una versión maltratada por la vida. Una «vasija rota», que le gustaría reparar.

Recuerda a la prostituta a la que conoció en el bulevar de la Villette, cuando sólo era una joven oficial que acababa de ingresar en el Ejército. Sentada en un banco con el vestido desgarrado, la mujer lloraba. Conmovida, Blanche se acercó a ella y, obedeciendo a un impulso, la estrechó entre los brazos. No tenía nada más que ofrecerle, sólo ese abrazo, ese gesto pequeño e inmenso a la vez que significa «estoy contigo».

Blanche está con ellos. En esta noche gélida, continúa su ronda entre los sin techo. Albin se enfadará al ver que no vuelve hasta la mañana, agitada por la tos, exhausta. Da igual. Ella sabe que su sitio está allí, no en una cama. La comitiva de la sopa se detiene en un barrio del decimotercer distrito desfigurado por la pobreza. En plena oscuridad, Blanche se acerca a un refugio improvisado y, de pronto, oye un vagido. Se estremece. Blanche ha traído al mundo a seis hijos y sabe reconocer el llanto de un recién nacido. Éste no tiene más de un mes, podría jurarlo. Se desliza entre los cartones y las chapas onduladas y descubre un cuerpecillo que tirita de frío en un colchón a ras de suelo. Su joven madre se encuentra junto a él. Está pálida y espantosamente delgada. Duerme en la calle desde el parto, confiesa entre toses. Blanche coge en brazos al niño para calentarlo. Hay que ir al hospital urgentemente, dice.

—Vengo de allí —responde la joven madre—. Ya no hay sitio.

Blanche decide llevarla al centro de acogida de la Fontaine-au-Roi. El edificio, situado al fondo de un callejón, dispone de calefacción y doscientas camas. En él conviven dependientas, vendedoras de baratijas y periódicos, obreras sin familia, criadas sin trabajo, chicas de provincias que acaban de llegar atraídas por el espejismo de la capital... Y otras tantas víctimas de la crisis de la vivienda a las que la ciudad escupe al pavimento frío.

Cuando Blanche y la joven madre llegan al centro de acogida se encuentran con el cartel de COMPLETO. La comandante del Ejército que lo dirige dice que el refugio ha sido tomado al asalto. Todas las noches se ve obligada a negar la entrada a cientos de mujeres.

—Ayer, a doscientas quince, para ser exacta.

Se necesitarían dos o tres casas como aquélla para alojarlas a todas. La joven madre está lívida, su bebé ha empezado a llorar de nuevo. En la calle, una mendiga que se aleja tras intentar conseguir una cama se vuelve hacia ella.

—Ahora ya sólo puedes arrojarlo a una alcantarilla —le suelta señalando al niño.

Blanche no olvidará esa frase. Esas palabras la perseguirán toda la vida.

Saca todos los billetes y las monedas que encuentra en el bolso y en los bolsillos y se los entrega a la joven madre. Suficiente para pagar unas cuantas noches en una pensión con calefacción. Esta limosna es una solución tan ilusoria como temporal, Blanche lo sabe. La pobre chica acabará volviendo a su chabola del decimotercer distrito. Viéndola alejarse con su bebé en los brazos, Blanche siente que las fuerzas la abandonan. Toda una vida de lucha para llegar a eso. Entonces, ¿su compromiso no ha servido para nada? Tantos años combatiendo, creyendo en el Ejército... ¿para qué? ¿Por qué continuar? Cuando un niño muere de frío, es a la humanidad entera a quien Blanche no es capaz de salvar. Es un fracaso, una catástrofe, una derrota mucho más terrible que todas las que ha tenido que afrontar hasta ahora. Quería cambiar el mundo... ¡Cuánta vanidad! Su acción es irrisoria, una gota de agua en un océano de sufrimiento. En ese instante, todo parece inútil y vano.

Blanche se sienta en un banco, abatida. El sol empieza a asomarse. Está tan aterida que ya no siente ni las manos ni los pies. El desánimo que la invade es tan grande que ni siquiera tiene fuerzas para volver a casa. Ve a un vendedor ambulante que instala sus periódicos en este amanecer gélido. No tendrá ni dieciséis años. Pobre chico, se dice Blanche, se pasará todo el día en la calle. A saber dónde ha dormido... Hay miles como él. Piensa en sus propios hijos, la mayoría miembros del Ejército. Menuda utopía. Debería haberlos disuadido.

Blanche se acerca al joven vendedor y le tiende un trozo de pan, último resto de la Sopa de Medianoche. El chico lo mira con cara de sorpresa. Coge el mendrugo y lo devora con avidez. Sus facciones juveniles la enternecen. En sus ojos queda una pincelada de inocencia, recuerdo de la infancia. La vida aún no lo ha maleado, pero todo llegará, piensa Blanche con amargura. El chico le sonríe con sus labios agrietados y le tiende un periódico como muestra de agradecimiento. Ella no lo acepta.

—Quédatelo. Podrás venderlo.

Él insiste. No es un mendigo. Bajo su ropa de cuatro perras aún hay orgullo. Emocionada, Blanche acepta el periódico y se aleja.

Llega a casa exhausta. Ya es de día. Albin, que también se ha pasado la noche recorriendo las calles, ha vuelto al amanecer y se ha acostado. Blanche sabe que ella no conseguirá dormir, que es inútil intentarlo. Va a la cocina y prepara café. Poco a poco, el líquido hirviente calienta sus miembros entumecidos. Ha dejado el periódico en la mesa y lo hojea distraídamente pensando en la joven madre y su bebé. ¿Cuánto aguantarán en el frío? ¿Cuántas víctimas causará ese invierno? ¿Cuántos hombres, mujeres y niños morirán por falta de un lugar en el que refugiarse, como esas dos gemelas de ochenta años halladas sin vida en un campo de Nanterre? Blanche las conocía bien. Las dos hermanas acababan de ser desahuciadas y no tenían adónde ir. No se habían separado en toda su vida. Murieron juntas, en la nieve, una noche glacial.

Con los dedos ennegrecidos por la tinta, Blanche sigue pasando distraídamente las hojas del periódico. De pronto, una frase la obliga a detenerse: «El escándalo de Charonne [...] y hay gente que muere de frío.» Blanche deja la taza en la mesa y se queda petrificada.

Albin se ha despertado. Oye ruido en la cocina. Se levanta y encuentra a su mujer de pie, agitada. Está claro que no ha dormido. Sin ni siquiera darle un beso, Blanche le tiende el periódico, febril.

—Lee esto —le dice—. Léelo y vístete. Nos vamos.

12

¡A una clase de zumba! Solène ha intentado protestar ante Binta: nunca ha ido a clases de baile, no tiene el menor sentido del ritmo, es tan flexible como un palo... Las tatas no le han dejado opción. Cuando Binta decide algo, no se le discute. Solène ha alegado que no tenía ropa adecuada, que no se sabía ni los movimientos ni los pasos.

—¡Tú te vienes! —responde Binta para zanjar la discusión—. Te sentará bien.

—La ropa te la dejamos nosotras —añade la mujer de los dos euros tendiéndole unas mallas.

Binta le presta una camiseta, para regocijo de sus amigas.

—¡Es mejor que le des una de Sumeya! ¡Le sacas diez tallas! —exclama una.

Todas ríen. Binta se encoge de hombros, indiferente a las burlas.

—¡Más vale eso que estar tan flaca como tú!

—Vente a vivir un mes con Tata —insiste la otra—. Te hará su *foutti* y sus galletas. ¡Kilos garantizados!

Solène se rinde. La carta a Khalidou la escribirá más tarde. De todas formas, hoy no está en condiciones.

La clase de zumba la dan una vez a la semana en el gimnasio del palacio. Está abierta a las residentes y a la gente del barrio, siguiendo el principio de inclusión que defiende la directora. También asisten algunas empleadas, entre ellas la chica de recepción. La pequeña Sumeya, que ya ha vuelto de la escuela, presencia la clase mientras merienda junto a Viviane, la tejedora, que no baila pero se sienta en un rincón con las agujas en la mano. La música y el ambiente parecen agradarle.

Binta presenta a Solène al profesor de danza. Fabio tiene veintisiete años, cuerpo de atleta y un acento brasileño encantador. Joven y guapo, se dice Solène. Desgraciadamente, hoy ella no está muy favorecida, con sus mallas de color fosforito y una camiseta enorme, que flota a su alrededor como un camisón. Fabio la recibe cordialmente.

—Aquí no estamos para juzgar a nadie —dice—, sino para divertirnos. No hay penas que valgan. Las preocupaciones se dejan en el vestuario.

Solène se va al fondo de la sala, pero Fabio hace que se ponga en primera fila.

—Estarás mejor delante.

Con un nudo en la garganta, Solène obedece. El profesor conecta su iPhone a los altavoces y empieza a sonar una canción de Rihanna. En un instante, la música llena todo el espacio. Es un tema rítmico, pegadizo, que habla de diamantes y de elegir ser feliz. «Míranos, mira cómo brillamos en el cielo, mira lo hermosos que somos, lo vivos que estamos», dice la cantante en inglés. Solène apenas tiene tiempo de prestar atención a la letra mientras intenta seguir los movimientos del profesor lo mejor que puede. Fabio se ha lanzado a una coreografía endiablada. Su energía es contagiosa, parece una pila que acaban de cargar.

Solène está perdida. Demasiados pasos, demasiados encadenamientos. Todo es nuevo, todo va demasiado deprisa. Aún no ha terminado un movimiento, y Fabio ya ha pasado al siguiente. Los ejercicios exigen sentido del ritmo y coordinación y, al mismo tiempo, dejarse ir. Y a ella no se le da bien ninguna de esas cosas. A su alrededor, las tatas siguen la clase con la facilidad que aporta la costumbre. Ella está empapada en sudor y jadeando. No puede más.

—No te preocupes —le dice Fabio entre dos canciones—. Es cuestión de práctica. Concéntrate en los pies. Los brazos los dejaremos para después.

Solène asiente y continúa. No quiere flaquear delante de las tatas. La han llevado allí, y eso no es ninguna tontería. La invitación a participar en sus clases es un espaldarazo. Un gesto que significa: «Tienes un sitio aquí.»

Así que Solène aguanta.

Tiene los ojos rojos de haber llorado, el pelo revuelto, está sin aliento, al borde del síncope, vestida como un adefesio, pero no se rinde. Incluso empieza a sentir un bienestar extraño, a dejarse contagiar por el entusiasmo reinante. Está la música, está Fabio, están las tatas, la pequeña Sumeya... Está la tejedora, cuyas agujas se agitan al compás. Solène sonríe. Está hecha polvo, hecha pedazos, pero viva. Siente que su corazón late con fuerza, sus tímpanos vibran y su sangre fluye a sus extremidades y a cada parte de su cuerpo. Tiene todos los músculos agarrotados. Tiene calambres por todas partes, le duelen sitios cuya existencia ignoraba. Se siente como si saliera de meses de letargo, como un oso polar expulsado de su madriguera. Como la Bella Durmiente despertando al cabo de cien años.

Salta, entrechoca las manos y los pies, mueve las piernas y los brazos, tropieza, pierde el ritmo, lo recupera, vuelve a empezar. Se abandona a la música entre las tatas, cuya danza, de pronto, es un palmo de lengua que le sacan a la desgracia, un corte de mangas que le hacen a la pobreza. Allí ya no hay mujeres mutiladas, ya no hay toxicómanas, ni prostitutas ni indigentes, sólo cuerpos en movimiento que rechazan la fatalidad y gritan sus ansias de vivir y continuar. Y Solène está ahí, entre las mujeres del palacio. Está ahí y baila como nunca ha bailado.

La clase acaba con una explosión de gritos y aplausos. Solène está en trance. No tiene ni idea de cuánto tiempo ha pasado. Una o dos horas, no lo sabe.

El silencio se instala de nuevo, y la sala se vacía en un abrir y cerrar de ojos. Las tatas se dirigen a sus habitaciones y las empleadas y no residentes abandonan el gimnasio. Binta se lleva a Sumeya; la tejedora recoge las madejas y se va. Fabio también desaparece. A Solène no le da tiempo a quitarse la ropa que le han prestado las tatas para devolvérsela.

—Ya se la darás la próxima vez —le dice la chica de la recepción colocándose bien el pañuelo discreto con que se cubre el pelo—. Para ser nueva, lo has hecho muy bien.

Solène sonríe. Sabe que no es verdad, pero la delicadeza de la chica la conmueve. En su rostro hay una dulzura que despierta simpatía. Nunca han tenido ocasión de presentarse de verdad ni de hablar.

—Me llamo Salma —dice ella, y le tiende la mano.

Solène se la estrecha, encantada.

Se dirigen juntas al vestíbulo principal bromeando sobre las agujetas que seguramente tendrán al día siguiente. Salma le confiesa que, tras su primera clase, le costó caminar durante dos días. Luego le señala un pequeño restaurante japonés, justo enfrente del palacio. Algunas compañeras y ella tienen la costumbre de reunirse allí todas semanas después de zumba. No hacen alta cocina —siete con cincuenta por un menú de brochetas o makis—, pero el sitio es tranquilo y la dueña, simpática. Si le apetece...

Solène duda. Acaba de anochecer. Piensa en su piso, donde no la espera nadie. No tiene ningunas ganas de regresar. Después de esta jornada interminable, necesita un poco de calor. Es raro el día en que vuelves a ver a tu gran amor por la calle, se dice, compras unos calcetines para bebé siguiendo un impulso, te echas a llorar en los brazos de una desconocida y, luego, vas a tu primera clase de zumba con las tatas.

Acepta la invitación de Salma. Hace meses que no pisa un restaurante, pero hoy se siente capaz. Y quién sabe, puede que incluso haga amigas.

13

Se quedan hablando hasta tarde en el japonés. Las compañeras de Salma se llaman Stéphanie, Émilie, Nadira y Fatoumata. Y son, respectivamente, trabajadora social, educadora infantil, secretaria y contable. Le confiesan que necesitan ese momento de respiro después de sus duras jornadas en el palacio. Entre sus muros, todo es más intenso. La vida late con más fuerza, las emociones se multiplican por diez. La falta de todo y la miseria tensan las relaciones entre las residentes y las empleadas. Algunos temperamentos son difíciles de manejar.

Acaban hablando de Cynthia.
—Siempre acabamos hablando de Cynthia —comenta Salma.
Cynthia, *la Cabreada*. Solène recuerda sus gritos en la gran sala común.
—Hoy ha habido otro incidente —dice Stéphanie con un suspiro.
Cynthia ha vaciado el frigorífico compartido de la cocina de la segunda planta y lo ha tirado todo. Ya

no saben qué hacer con ella, sigue diciendo. La han sancionado muchas veces. A la próxima falta, se arriesga a la expulsión. Pero allí la expulsión tiene consecuencias graves. Es un hecho rarísimo en la historia del palacio. La misión del hogar es acoger, no rechazar.

La mayoría de las mujeres que viven allí sólo sueñan con una cosa: tener su propia vivienda. Vivir en un hogar no es una elección sino una necesidad. Un mal menor. Una sala de espera para una vida mejor. La espera puede durar mucho tiempo, a veces años. Sin embargo, a algunas les cuesta alejarse del palacio. Tras ocho años de batalla administrativa, una residente obtuvo al fin la vivienda social que anhelaba. Después de haberse instalado en ella, sigue viniendo a pasar el día en el hogar. En su nuevo barrio no conoce a nadie. Se siente sola y se aburre. Allí siempre tiene a alguien con quien hablar, dice. Además hay cursos, actividades, están las empleadas... Hay gente, hay vida.

Salma puede dar fe. Cuando la contrataron como recepcionista, llevaba muchos años viviendo en el palacio. Llegó con su madre cuando era una niña, huyendo de la guerra de Afganistán. Aún se acuerda del día que cruzó por primera vez las puertas del hogar. Se acercó al gran piano de cola, fascinada: nunca había visto un instrumento parecido. Extendió la mano y tocó una tecla. Un sonido potente resonó en la sala. Su madre le ordenó de inmediato que se estuviera quieta, pero la directora, con las pocas palabras en pastún que había aprendido, le dijo:

—Déjala. Puede jugar. —Y añadió—: Aquí estáis en vuestra casa.

La niña creció entre el piano de cola y el estudio de doce metros cuadrados que les asignaron. Ni Salma ni su madre hablaban francés. Para aprender a leer, la niña practicaba descifrando las placas de las puertas de su planta; en cada una hay una inscripción con el nombre de uno de los fundadores o con una cita. Acabó sabiéndoselos de memoria. El palacio se convirtió en su casa y, a la vez, en el escenario de sus juegos, un territorio de exploración increíble.

Menciona con cariño a Zohra, la señora de la limpieza en la que buscaba refugio cuando su madre la reñía. Zohra siempre la consolaba sacándose de la bata unos cuantos *ghribiyas*, los pequeños polvorones que tanto le gustaban a Salma. Recuerda los tatuajes de henna que le adornaban la frente, la barbilla y las manos, y que, según ella, la protegían de la mala suerte. Aún está allí. Con cuarenta años de servicio, Zohra es la empleada más antigua del hogar. Conoce a todo el mundo y recibe las confidencias de todas las mujeres. Habla poco, pero sabe escuchar. Zohra dice que con todas las lágrimas que ha visto derramar se podría llenar una piscina. También la llaman para resolver conflictos. La anciana nunca toma partido, pero es sabia y prudente. Hablando con ella hasta las más tercas acaban entrando en razón. Dentro de unos meses se jubilará. Es una página de la historia del palacio la que se cierra con su marcha. Y también se va a ir un poco de la infancia de Salma.

En árabe, «Salma» significa «entera, con buena salud». Ella dice que se enorgullece de su nombre. Explica que en su país a las mujeres se las desposee de su identidad. En la sociedad afgana sólo los familiares tienen derecho a saber el nombre de pila de las mujeres. Los demás deben llamarlas por el de un varón. Son «la mujer de», «la hija de», «la hermana de»... En caso de duda se las llama «tía». Las afganas no tienen existencia propia en el espacio público. Esta tradición persiste especialmente en el campo, donde viven tres cuartas partes de la población. En todos los lugares las mujeres luchan por el reconocimiento de su identidad. Claman por su derecho a existir.

Allí Salma no es la hija ni la hermana de nadie. Es sólo ella, Salma. Se tiene en pie por sí misma, y eso le gusta. Está agradecida a este país, que la adoptó.

Tras vivir diez años en el palacio como residente, Salma goza hoy de un estatus distinto. Ahora es una empleada.

«Par ayudante» es la denominación habitual. Así es como se llama a las personas en su situación. En palabras de la directora, Salma tiene «un saber experiencial», una forma un poco complicada de decir que comprende el sufrimiento de la migración, la precariedad y el desarraigo. Sus vivencias tenían valor, le dijo la directora, y esa idea la sorprendió. Le ofrecieron una formación, tras la cual firmó un contrato. El primero de su vida.

Ahora Salma ya no vive en el palacio. Tiene su propio piso, un trabajo y un sueldo. Es consciente de la oportunidad que le ofrecieron. Forma parte de un mundo envidiado, el mundo de los que trabajan, en otras palabras, de los que son útiles, necesarios para la buena marcha de la sociedad.

Es difícil explicar lo que siente cuando se pone detrás del mostrador de formica de la recepción. Está tal como lo vio por primera vez hace veinte años. Pese a las recientes obras de renovación, el vestíbulo prácticamente no ha cambiado. Hay un tablero con el programa de actividades y sillones para las recién llegadas. Salma vuelve a verse sentada en ellos con su madre, con la única maleta que consiguieron salvar de su periplo. El viaje había durado meses. Estaban exhaustas.

Ahora es ella quien lleva la centralita. Gestiona las llegadas y las partidas. Recibe, orienta, escucha, igual que a ella la recibieron, la orientaron y la escucharon. En el palacio todo el mundo la aprecia. El hogar la salvó. Le gustaría devolverle todo lo que le ha dado.

Ahora es ella. Sí, dice con orgullo, ahora la guardiana del palacio es ella.

14

Esa noche, Solène no consigue conciliar el sueño. Demasiadas emociones, demasiadas ideas atropellándose en su mente. Recuerda lo que le ha dicho Salma al salir del restaurante japonés: a veces es difícil cerrar la puerta del palacio. «Siempre te llevas algo de aquí contigo.»

Solène piensa en Binta, en Sumeya, en Cynthia, en Cvetana, en la tejedora, en la mujer de los capazos. En Salma. No sabe qué hacer con todo eso, con esas vidas frustradas, esos caminos destrozados, esos padecimientos que le han contado. ¿Cómo librarse de ellos ahora? ¿Cómo olvidarlos? ¿Cómo seguir viviendo como si nada?

Está a punto de tomarse las pastillas para dormir, pero se lo piensa mejor. No, no se rendirá a la facilidad de los somníferos. Esta vez no. Se levanta y enciende la luz. Ya que no puede conciliar el sueño, aprovechará para escribir. Lejos, muy lejos de allí, en Guinea, un niño pequeño espera noticias de su madre. Le ha prometido esa carta a Binta. Se la debe. Después de lo que han compartido, no quiere decepcionarla.

No se sienta delante del ordenador; no le parece la herramienta adecuada. Hay cartas que se escriben a mano. Y que dicta el corazón.

Sin lugar a dudas, es el encargo más difícil que le han hecho. Hasta ahora no había captado el sentido profundo de su tarea: «escribiente pública». En ese momento lo comprende. Prestar su pluma, prestar su mano, prestar sus palabras a quienes las necesitan, como una intermediaria que transmite sin juzgar.

Una intermediaria, eso es lo que es.

Binta huyó de Guinea. Le toca a Solène devolverla al país que dejó, restituírsela a su hijo mediante un puñado de frases.

Esos gramos de papel son el peso de una vida. Es poco y a la vez mucho. Ser depositaria de algo así no es ninguna tontería, se dice Solène. Piensa en la confianza que le ha demostrado Binta revelándole su historia. Tiene que ser digna de ella. No sabe cómo va a hacerlo, pero cumplirá ese deber con toda la honestidad, toda la inteligencia y la sensibilidad que la naturaleza tuvo a bien darle. Encontrará las palabras, aunque tarde toda la noche.

Se lanza sobre el papel como un nadador desde lo alto de una roca. Escribe, borra, tacha, retoma. No sabe cómo dirigirse a un niño de ocho años, no tiene experiencia en la materia. Intenta imaginarse a Khalidou, representarse sus rasgos a partir de los de su madre y su hermana. De pronto lo ve. Está ahí. A su lado. Ella le susurra palabras muy suavemente al oído. Le dice que su mamá lo quiere. Que es su tesoro, su orgullo. Le dice que volverán a verse, se lo promete. Le cuenta su historia, la historia de ellos dos, que no ha terminado, que seguirán escribiendo juntos, a distancia, él en Guinea y ella en París. Le dice que su madre está bien y Sumeya también. Que allí están a salvo. Le dice que su madre piensa en él todos los días, todas las noches, a todas horas. Que se lo imagina haciéndose alto, fuerte y guapo. Que siente no estar a su lado, pero que siempre está ahí, con él, en pensamiento.

Siempre, muy cerca.

Mientras escribe se produce un fenómeno extraño. Solène «se convierte» en Binta. «Se convierte» en Khalidou. Como si fuera a la vez el remitente y el destinatario de la carta, mezclados. Es una sensación curiosa que no conocía: la de ser conquistada, invadida, poseída por la vida de los otros.

Quien maneja la pluma no es ella. Tiene la sensación de que hay alguien inclinado sobre su hombro que le susurra el contenido de la carta. Las frases fluyen, límpidas, evidentes, se suceden y se encadenan con una facilidad asombrosa. Las palabras acuden a ella dictadas por una musa invisible, por una entidad superior.

Nunca ha estado en África. Nunca la han mutilado. Nunca ha parido ni conocido el dolor de tener que abandonar a quien se llevó en el vientre y se crió. No ha cruzado Mali ni Argelia, no se ha escondido en la

113

cala de un carguero con su hija acurrucada contra ella, sin beber ni comer durante varios días con sus noches. No sabe lo que es sentir que la desesperación, la angustia de ser descubierta y devuelta le atenace la boca del estómago. No conoce el miedo a acabar ahogada en el fondo negro de esa agua helada que ha visto morir a tantos antes de ella.

No sabe nada de todo eso, de ese camino que es una lucha, de esa vida que es supervivencia.

Sin embargo, las palabras están ahí. Se le imponen como si la voz de Binta se mezclara con la suya. Es un canto extraño, una exhortación en forma de dictado, una transfusión de alma en la que Solène da tanto como recibe.

Ya está amaneciendo. En la ventana aparecen las primeras luces, que colorean el cielo y los tejados. La carta está terminada. Se ha escrito sola, como por generación espontánea en el papel. Solène se siente a la vez llena y vacía. Es una carta de diez páginas, una carta torrencial, que tiene su fuente en París y desemboca en la bahía de Sangareya, cerca de Conakri, donde vive la familia de Binta.

Diez páginas para verter el amor de una madre. Qué menos que eso, piensa Solène esa mañana, antes de dormirse.

Qué menos, para Binta.

15

Sentado ante una taza de café, Albin pasea la mirada por el artículo publicado el 28 de noviembre en el periódico que le ha tendido Blanche y empieza a leer en voz alta:

> Un enorme edificio de setecientas cuarenta y tres habitaciones situado en el centro de París, en una esquina de la rue Faidherbe, permanece deshabitado desde hace más de cinco años, mientras la grave crisis de la vivienda hace estragos en la capital [...]. Pertenece a la Fundación Lebaudy, que lo hizo construir poco antes de la guerra para que sirviera de hotel para hombres solteros. El ayuntamiento planeaba adquirirlo, pero tuvo que renunciar debido al precio exigido y los considerables gastos de acondicionamiento que requería. Otros proyectos han visto igualmente la luz en el seno

del gobierno de París, pero ninguno ha cuajado...

Impaciente, Blanche le quita el periódico de las manos y sigue leyendo, febril:

...setecientas cuarenta y tres habitaciones, todas ellas con ventanas y repartidas en cinco plantas, con un gran vestíbulo principal, un salón de actos espectacular, lavabos, cuartos de baño, grandes cocinas bien equipadas. [...] Después de su cierre, albergó el Ministerio de las Pensiones, pero hoy permanece vacío...

Alza los ojos hacia su marido. Albin conoce esa mirada. Sabe lo que va a decir palabra por palabra.
—Vístete. Nos vamos.
Pero Albin no se mueve. Blanche tose, no ha dormido, está agotada tras su ronda nocturna. No la dejará salir en ese estado, esta vez no. Comprendiendo que va a tener que vencer su resistencia, Blanche se sienta a su lado y le habla de su noche, de la joven recién parida, del bebé y del frío, de las palabras de la mendiga. Le describe la sensación de desaliento que la ha invadido. El artículo del periódico le ha devuelto los ánimos, la energía. El joven vendedor no estaba allí por casualidad, dice Blanche entre jadeos. Es una señal del destino. Blanche tiene la fe atornillada al cuerpo. Ese artículo es una llamada, una exhortación del cielo. Una misión que Dios le confía.

116

¡Un hotel vacío! ¡En París! La fiebre hace que brillen los ojos de Blanche, que, no obstante, permanece de pie, erguida, ante Albin. ¡Hay que comprar ese hotel! Y alojar en él a todas las mujeres sin techo de París.

Su marido la mira preocupado: la fiebre la hace delirar. ¿Comprar el edificio? ¡Vale millones! El artículo lo confirma a continuación: «El subsecretario de Estado de Correos deseaba instalar allí sus dependencias, pero el desembolso lo hizo desistir.» ¡Ni siquiera el Ayuntamiento de París tiene medios para comprarlo! ¿Cómo van a poder hacerlo ellos?

Blanche se acalora:

—Millones, sí, ¿y qué? ¿Qué es un millón? Mil veces mil francos, diez mil veces cien francos, cien mil veces diez francos. ¡Si hay que salir cien mil veces a buscar diez francos, lo haré!

Albin sabe que es verdad. Blanche es un carro de combate. Cuando se le mete algo en la cabeza, no hay quien la pare. Batallas, han librado unas cuantas, y no pequeñas. La opinión pública empieza al fin a tomarlos en serio. Ha dejado de considerar al Ejército una secta inglesa ridícula. Las inmundicias que les arrojaban en sus comienzos ya sólo son un recuerdo triste. La hostilidad se ha transformado en curiosidad. Ha empezado una nueva era de avances. Políticos y altos funcionarios quieren apoyar sus acciones. Gracias a su tenacidad, los Peyron han conquistado París. El inexpugnable París ha acabado cediendo a sus continuos asaltos.

Sin embargo, Blanche no se conforma con arrancarle unas cuantas victorias al hambre y el frío.

—No es bastante —dice—. Nunca es bastante. —A una acción debe sucederle otra, como las pedaladas en un velocípedo—. ¿Se detiene el sufrimiento? No. Pues nosotros tampoco podemos hacerlo.

Las mujeres necesitan un sitio adonde ir, sigue, un lugar que les esté reservado en exclusiva. El refugio de la Fontaine-au-Roi no es lo bastante grande. Sólo en la ciudad de París hay miles de mujeres sin techo ni protección. Todas son firmes candidatas a ejercer la prostitución y sufrir agresiones. Ya a principios de siglo el historiador Georges Picot trataba de alertar a la opinión pública sobre la situación. «¡Hay mil camas para cien mil mujeres solas!», clamaba. Nada ha cambiado desde entonces.

—¿Vamos a aceptar que las cosas sean así? —pregunta Blanche—. Ese niño bajo la nieve es nuestro hijo, todos esos niños lo son. Si queremos protegerlos, hay que ayudar a quienes les dan la vida. Es la prioridad absoluta.

Albin conoce esa realidad. Ha visto a esas mujeres y esos niños obligados a mendigar a lo largo de las avenidas barridas por el viento. Conoce la desesperación, el hambre de las madres que vagan con el estómago vacío, porque les han dado su último trozo de pan a sus pequeños. En la interminable crisis de la vivienda que azota al país, las mujeres no salen indemnes. Están en primera línea, son las primeras víctimas.

Comprar ese hotel es una locura, Blanche lo sabe, pero no sería la primera que cometen los Peyron.

Lo que asusta a Albin no es tanto la ambición del objetivo como la salud de Blanche. Sufre una enfermedad pulmonar que se agrava por momentos, una sordera incipiente y ataques de migraña que la incapacitan. Le duelen las muelas y los huesos. La ciática la obliga a guardar cama regularmente. Toda una vida de lucha salvacionista en el lodo y el frío ha dejado sus secuelas. Blanche no se queja, tiene la elegancia de sufrir en silencio. Cuando años después el doctor Hervier, consternado, le diagnostique un cáncer generalizado, no le dirá nada a nadie. Lo mantendrá en secreto y seguirá luchando sin hacer ruido, como siempre.

Por el momento está de pie en la cocina, rebatiendo una tras otra las objeciones de Albin. Le recuerda el compromiso inicial de ambos, su voluntad común de ver el Ejército como una «gran red de salvamento cuya malla es lo bastante estrecha para que nadie se nos escape». La malla aún es demasiado ancha, dice Blanche, deja pasar a las mujeres y los bebés. Albin acaba rindiéndose. Blanche consigue su apoyo a cambio de la enésima promesa de visitar al médico. Irán a ver el hotel ese mismo día.

Cogen el tranvía hasta la orilla derecha y recorren a pie la rue Faidherbe hasta la esquina con Charonne. Blanche alza la vista hacia el edificio enorme que domina el cruce de las dos calles. La monumental fachada de ladrillo se eleva sobre las casas del barrio. Parece una fortaleza, una ciudadela, se dice Blanche.

Suben la escalinata que lleva a la puerta principal, donde los espera un empleado de la casa Lebaudy.

119

Una hora antes, cuando Albin ha llamado a la fundación, su interlocutor parecía sorprendido. Hacía meses que nadie había vuelto a interesarse por el edificio, dados su precio y magnitud. De inmediato, se ha encomendado a un empleado que les organice la visita.

Precedidos por su guía, los Peyron entran en el vestíbulo principal. Blanche queda impresionada por la luminosidad del lugar. La sala, provista de una cristalera cenital, es enorme y diáfana. Las nubes coposas de la víspera han dado paso a un cielo de un azul acerado. A sus pies, el suelo está bañado de sol. Del exterior no llega el menor ruido, como si el resto del mundo hubiera dejado de existir. Una sensación de serenidad inunda a Blanche, que siente que podría pasarse la vida allí, en aquel refugio lleno de silencio. Rezando.

El empleado parece impaciente por iniciar la visita. Los conduce a través de las salas de reunión hasta un salón de té y una biblioteca. Blanche admira los revestimientos cerámicos y los mosaicos que embellecen las paredes y los techos. Todas las salas disponen de ventanales. El conjunto está decorado con gusto. Descubren un salón de actos enorme, con capacidad para cerca de seiscientas personas sentadas y otras mil de pie, precisa el empleado. Blanche se sorprende imaginando lo que podrían hacer con ese espacio: un restaurante popular, abierto a los necesitados y a la gente del barrio; una cantina inmensa para los más desfavorecidos; también podrían utilizarlo para celebrar la Navidad: una gran cena de Nochebuena a la que invitarían a todos los que no tienen medios para festejarla.

A continuación, el empleado los conduce hasta la ancha escalera que lleva a las plantas superiores. A lo largo de unos pasillos interminables se alinean cientos de habitaciones alrededor de dos patios interiores. Un verdadero laberinto, se dice Blanche. Harían falta letreros para orientarse. Aquel sitio es una ciudad en sí misma. Una ciudad en pleno París.

Por fin, llegan a la azotea, acondicionada como terraza. Ante el panorama, Blanche se queda sin respiración. Desde allí arriba se ve el trazado de las avenidas, las estaciones de tren, las iglesias, los monumentos. París se extiende ante sus ojos como un plano. Embelesada en la contemplación de la ciudad, Blanche apenas presta oídos a las explicaciones de su guía, que se ha lanzado a contarles la historia del edificio. Construido en 1910 por la Fundación Lebaudy, cuyo objetivo es proporcionar alojamiento digno a los trabajadores pobres y obreros, el hotel se desocupó en 1914, a raíz de la movilización. Acto seguido se transformó en un hospital de guerra al que regresaron, heridos o moribundos, sus antiguos inquilinos.

Blanche está ausente, absorta en sus pensamientos. Aquel sitio es increíble, pero se vende a un precio inalcanzable. La reforma costaría tanto como la compra del edificio. En total, siete millones de francos que aún tenían que conseguir. El Ejército no cuenta con esos medios. Sin embargo, el hotel es la ubicación soñada para su proyecto. ¿Cómo podría realizar esa proeza? Blanche duda, dividida entre el entusiasmo y el escepticismo.

La visita toca a su fin. El empleado termina su perorata. Mientras los acompaña a la salida, comenta que el edificio se alza sobre el solar de un antiguo convento, el de las Hijas de la Cruz, dedicadas a la educación de las jóvenes. A principios de siglo, con la aplicación de la ley que prohibía a las congregaciones religiosas participar en la enseñanza, las monjas fueron expulsadas y el convento cerrado. El conjunto, que incluía una capilla, un cementerio y un huerto, fue totalmente derribado. Blanche sale de su ensimismamiento. Una imagen surge ante sus ojos. De pronto, ve a esas mujeres viviendo en comunidad, a esas religiosas desahuciadas, expulsadas. Están ahí, delante de ella, rezando en el interior de sus celdas, bajo los arcos de la capilla, en medio del huerto. Allí, enterradas bajo sus pies, bajo los cimientos del hotel que acaban de visitar. Sus almas y sus espíritus continúan entre aquellas cuatro paredes. Cada piedra guarda el eco de sus voces. Blanche puede oírlas, percibirlas. Están allí.

En ese mismo momento, sus dudas se desvanecen. Ahora lo sabe: allí es donde quiere hacer realidad su proyecto. Aquel lugar pertenece a las mujeres. Ella les devolverá lo que les robaron.

«Reuniremos el dinero —se dice—. Sí, lo reuniremos, aunque me cueste la salud.»

Aquel sitio no es un hotel. Es un palacio.

16

Binta escucha con los ojos entornados. No hace ningún comentario. Deja que las palabras se desgranen, como las cuentas de un rosario.

Sentada junto a ella, Solène le lee en voz baja la carta que ha escrito. Las palabras acudieron a ella en el silencio de la noche como surgidas de la nada, a cientos, a miles, empujándose, derramándose en frases completas sobre el margen de la página. Apenas tuvo que hacer nada. Las dejó pasar y se limitó a ordenarlas, a enseñarles los giros correctos, las buenas maneras. A las más rebeldes tuvo que meterlas en vereda: no podía permitir que Khalidou se asustara al leerlas. O que su padre rompiera la carta.

Ahora están presentables. Solène se siente orgullosa de ellas, como de unas niñas un poco revoltosas a las que hubiera adecentado para una ceremonia. Puestas en el papel, sus palabras son hermosas. Está

123

contenta de acompañarlas, de liberarlas allí, junto al oído de Binta, en medio de la sala común.

Cuando termina la lectura se produce un silencio. Binta no muestra ninguna reacción. Tras las palabras de Solène, necesita tiempo, a modo de cámara de descompresión. Son muchas y muy poderosas. Más fuertes que ella. No son suyas, pero las reconoce. Las comprende.

Por fin, alza los ojos hacia Solène.
—Está bien —se limita a decir.
No hay más, sólo esa frase reducida a su mínima expresión para decir: «Me sirven.» Has comprendido lo que siento y lo has reflejado ahí, en esas hojas que ahora volarán hacia mi hijo y que él sujetará entre las manos, esas hojas que le hablarán de mi amor, mi dolor, mi pena. Lo que hay ahí, en tus palabras, es un pedazo de mi corazón, un pedazo que le envío gracias a ti.

«Está bien.» Solène recibe la frasecilla como un gran regalo. No se ha equivocado. No ha fallado, no ha defraudado la confianza de Binta.

Sin embargo, queda un último detalle por resolver. Hay que firmar la carta. Solène no quiso hacerlo, no es quién. Ha sabido encontrar las palabras, pero su significado pertenece a Binta. Firmar una carta no es sólo escribir un nombre, es mucho más. Es reivindicarla, hacerla totalmente tuya. Apropiártela.

Así que Binta coge la pluma de Solène y escribe una palabra al pie de la última página, una palabra que es todo un mundo por sí sola: «Mamá.»

Solène siente que se le encoge el corazón. Hoy también ella está un poco en esa palabra, escondida entre la tinta y el papel como un pasajero clandestino. No se va a echar a llorar, esta vez no. Está emocionada, pero se contiene.

Ha llegado el momento de doblar la carta y meterla en el sobre. La propia Binta irá a llevarla a la oficina de Correos. Justo antes de separarse de ella, posará un beso en el sobre, parecido al que depositó en la mejilla de Khalidou, sin despertarlo, la noche en que se marchó. Un beso enorme y suave que viajará hasta él.

—¡Disculpe!

Solène sale bruscamente de su ensimismamiento. No ha visto acercarse a Cynthia. Binta, que se ha levantado a su llegada, se va de inmediato con su carta en la mano para evitar un nuevo enfrentamiento. Cynthia y las tatas se declararon la guerra hace ya mucho tiempo.

Sin embargo, esa tarde Cynthia no busca a Binta. Cuando llega junto a Solène se sienta. Tiene que pedirle algo, anuncia. No es una carta. Bueno, no del todo.

Es la primera vez que Solène se encuentra oficialmente con Cynthia. Habría preferido que Binta se quedara. La chica la asusta. Su forma de hablar, de dirigirse a los demás, resulta insultante, ofensiva. Parece una olla a presión a punto de estallar.

Cynthia, ceñuda, la mira de arriba abajo antes de explicarse. También está en guerra con la dirección del palacio. Lleva mucho tiempo pidiendo que la cambien de estudio. Está harta de la segunda planta, las tatas, los cochecitos, los niños que chillan por los pasillos y las placas de cocina averiadas cada dos por tres. Hace meses que come frío y no duerme. Se ha quejado mil veces, pero sus reclamaciones caen en saco roto. Aquello no es un hotel, le han respondido, no se puede cambiar de habitación por capricho. Después de cada partida, los estudios se pintan y renuevan para las futuras residentes. No van a hacer reformas por conveniencia de nadie. Por mucho que Cynthia repita que no necesita un estudio nuevo, que lo único que quiere es dormir en paz y en el suyo no puede, nadie hace caso de sus quejas.

Un día se largará de allí, asegura. Aquello es el infierno. En el palacio le pesa todo, la convivencia, la falta de libertad, el horario de visitas que fija el reglamento interno, el vigilante, que la sanciona al menor paso en falso... Allí no funciona nada. Se puso en contacto con la delegada de las residentes, que acude al consejo de administración, pero no quiso escucharla. ¿Delegada? ¡Y un cuerno! No quiere ponerse en huelga. Allí todas tienen miedo de acabar de nuevo en la calle, y ese miedo las vuelve cobardes. La única que dice lo que piensa alto y claro es ella. Y si a alguien no le gusta, peor para él. Intentan amordazarla con sanciones de todo tipo. Le han suspendido las visitas durante un mes con la excusa de que se pegó con una de las tatas. La chica la buscaba y acabó encontrándola. De todas formas, la trae sin cuidado. Ella no recibe visitas. No invita a nadie a aquel agujero de mierda. Los odia a todos, menos a Selma, la de recepción, que es la única maja.

126

Así que, bueno, si Solène pudiera ir a hablar con la directora, eso ayudaría.

A ella seguro que la escucha.

Solène se siente incómoda. No sabe qué hacer con toda la amargura, con toda la rabia que Cynthia arroja al mundo a la cara como quien suelta un escupitajo. Salma le advirtió que podía ser violenta. Ha llegado a romperlo todo en la sala común, a destrozar mesas y sillones. Más vale no llevarle la contraria. Solène no está preparada para eso.

Aun así, no puede atender su petición. Esa lucha no es la suya. No es cobardía, sino lucidez. Ella es neutral y piensa seguir siéndolo. Sabe cuál es su lugar allí, uno que apenas ha empezado a encontrar. No tiene intención de hacer la revolución en el palacio. Es plumífera, no una portavoz. Cada cual tiene sus límites, y los suyos están ahí.

Intenta explicarle a Cynthia que puede ayudarla a escribir una carta a la dirección, pero que no tomará partido en el conflicto. A Cynthia le cambia la cara. Tuerce la boca en un rictus en el que la ira se mezcla con el desprecio.

—Entonces eres como los demás —le suelta—. Estás aquí, pero no sirves para nada. ¿Para qué vienes? ¿Te aburres en casa y necesitas un poco de espectáculo? ¿Te gusta la desgracia ajena? ¿Eh? ¿Te gusta? ¿Aporta tranquilidad a tu maravillosa vida? Tu maravillosa vida de mierda en un barrio elegante... ¿Crees que escribir cartas sirve de algo aquí? ¡Lo que necesitamos no es eso! ¡No tienes ni idea de lo que es vivir aquí! ¡Vienes un día a la semana, para ti no es más que un pasatiempo! ¡Mira, hoy me toca mi hora de precariedad! ¡Te lavas la conciencia y luego regresas a tu casa, cierras la puerta y adiós! ¡Vuélvete a tu bonito barrio y quédate allí! ¡No sirves para nada! ¡Aquí no te necesita nadie!

Termina su andanada pegándole un manotazo al MacBook de Solène, que se estrella contra el suelo. Alertada por los gritos, Salma acude a la sala común. Corre hacia ellas, pero es demasiado tarde. El mal está hecho. Cynthia se va gritando barbaridades.

La directora también ha bajado. Consternada, constata la gravedad de los daños.
—¿Otra vez Cynthia?
—Sí —suspira Salma—. Otra vez ella.

17

La tecnología punta no ha resistido el ataque de Cynthia. El MacBook ya no se enciende. Apesadumbrada, la directora le ha prometido a Solène que la Administración pagará la reparación. Solène ha rechazado el ofrecimiento, no quiere aceptar el dinero del palacio. Conoce a un informático que se lo arreglará. Hay cosas más graves que un ordenador roto.

Esa noche no tiene apetito. No ha tocado ni las brochetas ni los makis del restaurante japonés. Sentada a su lado, Salma trata de reconfortarla: no es la primera víctima de Cynthia. Más de una residente ha sufrido su violencia.

Allí todo el mundo conoce su historia. Abandonada al nacer, Cynthia se crió en hogares y familias de acogida. Creció como una planta silvestre, sin amor ni estabilidad. Expulsada de todos los centros de enseñanza, dejó de estudiar a los dieciséis años. Al cumplir los dieciocho, se encontró en la calle, sin trabajo, como la mayoría de las chicas en su situación. Fue a dar con mala gente, pero, por desgracia, con la sustancia adecuada. La que la llevaba lejos de los meandros de su vida. Para conseguirla, cometió toda clase de estupideces. Las que cabe imaginar y las que no.

Y un día se quedó embarazada. El niño no era un accidente, lo había buscado. Pero Cynthia no había tenido familia, nunca la habían querido. Y necesitaba aferrarse a alguien para darle sentido a su vida. Aquel niño era su oportunidad. Un nuevo comienzo. Él iba a arreglarla, a rellenar sus grietas, su vacío.

Por él, decidió desengancharse.

Sin embargo, cuando el niño nació ella se sintió desamparada. La invadió una sensación de ilegitimidad e impotencia. ¿Cómo ser madre cuando no has tenido padres? ¿Cómo dar lo que no has recibido? Sentía un amor inmenso, que la superaba, y también angustia, la de no estar a la altura. Sus demonios la rondaron de nuevo. El padre del niño se marchó. Ella volvió a caer.

Cuando el juez le quitó la custodia de su hijo, Cynthia se vino abajo.

Ya no toca las drogas. Jura que está limpia. Lucha por recuperar a su hijo. El pequeño tiene ahora cinco años. Está en un centro de acogida. Cynthia sabe exactamente lo que eso significa. Y no quiere esa vida para él. Ya no soporta verlo una vez al mes en aquel lugar pintado de colores brillantes, vestido con ropa que no ha elegido ella, acompañado por gente a la que

Cynthia no conoce. No es ella quien le cuenta cuentos cuando se va a dormir, quien lo consuela cuando tiene una pesadilla. No comparte ninguno de los momentos importantes de su vida. El tiempo perdido no volverá: nunca vivirá sus primeros pasos, su primer día en la guardería, la primera vez que vaya al cine.

Ochenta y cuatro horas al año. Las ha contado. Eso es todo lo que le conceden de su hijo. El centro de acogida no está en la ciudad, Cynthia tiene que ahorrar para pagarse el viaje. Y ni siquiera disfruta del rato que está con él. Con los ojos clavados en el reloj, ve pasar las horas. Sabe que al final del día su hijo volverá a irse de su lado y ella del suyo, hasta el mes siguiente.

Cuando lo deja, se siente huérfana, abandonada. Revive el drama de su nacimiento a la inversa, como una pesadilla que se repite hasta el infinito. Nadie puede aliviar su pena.

Así que está furiosa. Cynthia está furiosa porque no eligió esa vida, porque soñaba con otra cosa para su pequeño. Porque la historia se repite implacablemente y ella no puede cambiar el curso. Está furiosa porque el amor no siempre basta.

Culpa al mundo entero. Culpa al juez de menores, a los trabajadores sociales, a las familias de acogida, a los empleados del palacio, culpa a las tatas, a la mujer de los capazos, culpa incluso a las mujeres que no conoce. Algunas viven allí con sus hijos, y esa proximidad le resulta insoportable. No quiere seguir encontrándose sus cochecitos ni oírlos llorar por la noche. Le recuerdan que su hijo duerme lejos de allí.

Así que se enfada y grita como un animal herido, como una loba a la que le han quitado a su cría. Como un animal rabioso, no deja que nadie se le acerque. Muerde a todos los que intentan ayudarla. En el palacio se siente prisionera. A veces le da por golpearse la cabeza contra la pared durante toda la noche.

—Su prisión no es el hogar —dice Salma.

Lo que Cynthia pide a voz en grito no es otra habitación sino otra vida.

—Lo que te falta en la infancia te faltará siempre. Es así: quien no comió lo suficiente en la mesa de su padre nunca se saciará —concluye la recepcionista.

Así está Cynthia: permanentemente hambrienta.

Solène regresa a su piso abatida. En su cabeza resuena una frase pronunciada con dureza: «Vuélvete a tu casa.» Empezaba a situarse en el palacio, a sentirse útil. La violencia de Cynthia la ha desestabilizado.

«Vuélvete a tu casa» significa: «No eres como nosotras, no te pareces en nada a las mujeres que vivimos aquí, la vida te ha tratado bien, no puedes comprendernos ni ayudarnos, nunca serás una de las nuestras. Y tus buenas intenciones nos traen sin cuidado. Puedes guardártelas.»

«Vuélvete a tu casa» significa: «No tienes derecho a estar aquí.»

Lo que Cynthia cuestiona de ese modo, con toda su ira y todo su desprecio, es la legitimidad de Solène. La mirada de «los de arriba» a «los de abajo». ¿Quién es ella para ir allí? ¿Para darles voz? ¿Para entrar en sus vidas y salir de ellas una hora después, cuando acaba su turno?

El ataque la ha hecho tambalearse. Cynthia tiene razón en una cosa: Solène no ha ido allí para ayudarlas, sino para sentirse bien. El palacio como terapia: de eso se trata. Cuando esté mejor, le bastará con cerrar la puerta del hogar y retomar sus actividades. Aquel sitio no es más que un paréntesis en su vida. Un paréntesis con el que se ha engañado.

Una clase de zumba, unas cuantas cartas, y ha creído que la aceptaban. Ha pensado que se había ganado su sitio. «Demasiado fácil —responde Cynthia—. Vuélvete a tu casa.»

Solène se siente desilusionada, descorazonada, patética. «Pobre niñita rica», como suele decirse: ha ido a curarse la depresión entre mujeres más desgraciadas que ella. ¿A quién creía que iba a ayudar?

Sin embargo, hay algo más. Es verdad que se vio empujada por el psiquiatra y casi enredada por Léonard. Es verdad que no tenía ningunas ganas de cruzar la puerta de ese hogar. Pero en realidad ha encontrado en él mucho más de lo que iba a buscar: el «Está bien» de Binta, los ojos de Sumeya, los dos euros de la tata, las tazas de té, la clase de zumba... Lo que ha vivido, lo que ha compartido durante esos momentos, no lo ha soñado. Ha sido un intercambio, una comunión: eso es lo que sintió mientras lloraba en los brazos de Binta.

Hace ya algún tiempo que está mejor. Poco a poco, ha vuelto a tomar las riendas de su cuerpo y de su mente. Cada vez depende menos de los medicamentos. El psiquiatra le ha reducido las dosis. Dice que se siente confiado. «Sentido», eso es lo que encuentra entre las paredes del palacio. Se siente útil a la comunidad.

De modo que importa poco que tenga o no tenga derecho, que provenga o no de un buen barrio. Está allí. Lo que cuenta, después de todo, es eso, estar allí. Pese a las decepciones y las diferencias. Pese al ordenador destrozado y los juramentos de Cynthia.

Ser escribiente público es ser escritor «del público», de «todos los públicos». Cynthia la ha hecho retroceder, ha socavado sus certezas, pero Solène resistirá. No cederá a la provocación, a los cuestionamientos. Volverá el jueves siguiente, y todos los demás. Si no tiene ordenador, cogerá un bolígrafo y una hoja de papel. Serán sus únicas armas, sus únicos aliados. No lucen tanto, pero son poderosos, Solène lo sabe.

Puede que no cambien la historia del palacio, ni siquiera la vida de esas mujeres, pero harán su modesta contribución, como el colibrí de la fábula de Pierre Rabhi que le contó Salma.

Durante un incendio espantoso en el bosque, los animales asistían impotentes a la devastación. El único que se afanaba en coger agua con el pico y arrojar las gotas a las llamas era un minúsculo colibrí.

«¡Pobre idiota! Así no vas a apagar el fuego», le dijo el armadillo. «Ya lo sé. Pero al menos habré hecho mi parte», respondió el colibrí.

Solène es eso: un pajarillo caído del nido que intenta apagar un incendio. Su acto es inútil, risible, ridículo, dirían algunos.
Pero ella hace su parte.

18

Esa mañana, Léonard la ha llamado para saber cómo le iba. Después del «huracán Cynthia», Solène ha vuelto al hogar como un soldadito bueno que regresa al frente. Ahora deja la informática en casa y usa un simple bloc de notas y un lápiz.

Cada vez son más las mujeres que solicitan sus servicios. Solène ha tenido que ampliar su horario: es raro el día que no lo alarga hasta tarde. A menudo se lleva a casa cartas para terminarlas, releer con la mente descansada, retomar, pulir. Algunas ideas le vienen por la noche. Se levanta temprano para trabajarlas. Ante el papel, descubre que es prolífica, y eso le gusta. Se reencuentra con las palabras, sus queridas palabras, a las que tanto añoraba. Desde hacía unos años, creía que se habían ido, esfumado, perdido. Pero ha descubierto que están ahí, muy cerca. No la han abandonado.

En el palacio, sus cartas son muy apreciadas. Solène tiene talento para redactar solicitudes y adornar currículums. En sus textos hay un tanto por ciento de creación, que asume con mucho gusto. No es mentir, les explica a las residentes: en el mundo laboral hay que ofrecer nuestra mejor versión. Cada detalle cuenta, una insignificancia puede ser decisiva. Una de las mujeres confiesa que sólo tiene experiencia en vender calzoncillos y calcetines en mercadillos. Solène le sugiere la siguiente formulación: «Experiencia profesional como vendedora en el sector del *pret-à-porter*» y le explica cómo comportarse durante una entrevista. La chica se va tan contenta con su currículum en la mano... Una semana después, consigue trabajo en una tienda: una sustitución a media jornada. No es un contrato indefinido ni de lejos, pero por algo se empieza. Un primer paso en un largo camino.

Solène ya tiene «clientas» habituales con las que se ve todos los jueves. Y luego están las otras, las nuevas, las que han oído hablar de ella y van a consultarle algo. Así que ha tenido que organizarse. Al comienzo de la sesión reparte pósits de colores numerados por orden de llegada. Algunas tienen prisa, otras protestan y también las hay que negocian, que cambian su número por un favor, como hacer la compra en el supermercado. Cvetana suele llegar la última. No hace cola. Pasa delante de las demás con el carrito e, ignorando sus protestas, pregunta por su carta a la reina:

—¿Ha escrito Isabel?

—Aún no —responde siempre Solène.

Cvetana se encoge de hombros, suspira con cara de decepción y se va. Volverá el jueves siguiente.

Así son todas las semanas.

Solène se pasa las tardes encadenando cartas, consejos y charlas mientras bebe té y cuenta las golosinas que Sumeya continúa compartiendo con ella. No se las come. Al llegar a casa, las guarda en un tarro de mermelada especialmente reservado para ellas. Se ha llenado. Le gusta verlo repleto de gominolas de diferentes colores, otros tantos trofeos, victorias minúsculas sobre la monotonía y la tristeza.

Sumeya no habla, pero sus golosinas lo hacen por ella. Son un idioma universal.

Solène se ha apuntado a zumba y ahora asiste a las clases de Fabio con las tatas. Aunque sigue sin tener sentido del ritmo, es indudable que está haciendo progresos, ataviada con unas mallas viejas y la camiseta de Binta (cuando quiso devolvérsela, ésta se empeñó en regalársela para agradecerle que hubiera escrito la carta). Le va diez tallas grande, pero Solène se siente bien con ella, como con un jersey viejo que te sigue gustando ponerte. Las tatas se ríen a menudo de su falta de flexibilidad.

—¡Pareces el palo de una escoba! —le grita Binta—. ¡Es la pelvis, la tienes agarrotada! No te sueltas lo suficiente. ¡Mira, todo es cuestión de riñones!

Un día las tatas forman un corro a su alrededor y tocan palmas para animarla. La canción que suena habla de tener un pedazo de sol en el bolsillo, y eso es lo que Solène siente en esos instantes, rodeada de esas mujeres de cuerpos flexibles y esbeltos. Una pizca de luz y alegría recuperada.

A veces, cuando termina la clase, Binta sigue bailando. Sola frente a los espejos, le muestra a Solène cómo se danza en su país, Guinea. Emana de ella una energía extraña, una fuerza insólita. Acaba empapada en sudor, sin respiración. Y la pequeña aplaude.

Un día regresarán allí, le promete Binta. Y Sumeya también bailará.

Solène se ha acostumbrado a esas mujeres, a sus modales un poco bruscos, a sus silencios, a su manera de dar las gracias. No siempre tienen palabras, pero hay miradas, sonrisas, una taza de té, una camiseta de regalo. A veces nada, pero da igual. Solène no espera gratitud. No fue allí por eso. Léonard le ha confesado que en diez años de trabajo le han dado las gracias sólo tres veces. Es poco para los cientos de cartas que ha escrito. ¿Y qué? Él se siente útil, y eso no tiene precio. Cada carta es importante para la persona que acude a él. Como la mujer que gracias a Léonard encontró a su madre biológica, a la que llevaba años buscando. Fueron juntas a verlo para agradecérselo. Léonard aún se emociona cuando lo cuenta. Ahorraron para regalarle una caja de bombones. Bombones baratos, pero los mejores que ha comido en su vida.

Solène se ha acostumbrado a las residentes, y viceversa. La mayoría la ha aceptado. Incluso la tejedora ha empezado a saludarla. Sin efusividad, por supuesto, con un simple movimiento de la cabeza a su llegada que significa «Sé que estás ahí, te he visto». No han vuelto a hablar de los calcetines para recién nacido, pero es que Viviane no habla, o apenas lo hace. Es un alma silenciosa. En otra vida debió de ser monja. Se diría que, al instalarse allí, se retiró del mundo. Nada la perturba, ni los gritos de Cynthia ni los bailes de las tatas. El palacio podría hundirse, y no le afectaría. Seguiría tejiendo junto a su planta, impertérrita y ajena a todo.

Aunque no siempre ha sido así. Hubo un tiempo en que Viviane interpretaba un papel en el teatro del mundo. Casada y madre de dos niños, llevaba una vida aparentemente normal en un barrio de las afueras tirando a acomodado. Su marido era dentista y ella trabajaba como secretaria en su consulta. En cuanto a los moretones, se las arreglaba para disimularlos. Viviane es una superviviente, como Cvetana. También ha vivido la guerra, y sin necesidad de viajar a Serbia. La suya duró veinte años, cerca de allí, en una casita preciosa rodeada de rosales. Su enemigo iba bien vestido y tenía los rasgos de su marido. El campo de batalla era su cuerpo, un cuerpo golpeado, maltratado, vapuleado de la mañana a la noche. Golpes, recibió los suyos. Con casi todo. Con el puño, con el pie, con la plancha, con un zapato, con el cinturón... Y cuando quiso dejarlo fueron cuchilladas. Si no hubieran intervenido los vecinos, su marido la habría matado.

De ese día funesto, Viviane conserva una cojera leve y una cicatriz en la mejilla, estilo Joker. Es como una sonrisa del revés.

A su marido lo detuvieron, lo juzgaron y lo condenaron a cinco años de cárcel, el último, en libertad condicional.

Cinco años por la vida de una mujer no es un precio muy alto, piensa Solène. Cada dos o tres días una mujer muere a manos de su cónyuge en un país

140

que se considera civilizado. «¿Hasta cuándo?» En la naturaleza ninguna otra especie practica ese juego sádico. No existe el maltrato de la hembra. ¿Por qué los seres humanos tienen esa necesidad de destrozar, de destruir? Y luego están los hijos. De ellos no se habla, o se habla muy poco. Víctimas colaterales de la violencia machista, son decenas los que mueren todos los años junto con sus madres, asesinados por sus padres.

Durante el día, las manos de Viviane se mantienen ocupadas y evitan que piense. Pero por la noche los demonios resurgen. Viviane sueña que él va a buscarla. Se despierta empapada en sudor, temblando, aterrorizada.

Una tragedia así ocurrió hace unos años. Allí mismo, en el palacio. Una residente volvió a caer en manos de su ex marido. Pese a que habitualmente las puertas de entrada permanecen cerradas a los desconocidos, el hombre consiguió entrar en el vestíbulo armado con una escopeta. Subió a las plantas amenazando a las residentes y al personal, que se mostró aterrorizado. Acabó encontrando a su ex mujer, que se había refugiado en el estudio de una amiga. La encañonó y la mató disparándola a bocajarro. El suceso saltó a las portadas de los diarios locales.

Tres días después hubo otra víctima en otro lugar del país. Ocurre todas las semanas, todos los meses, durante todo el año.

Viviane no le ha dicho a nadie que vive allí. Cuando se marchó, lo dejó todo atrás, su vida, su casa, sus amigos... Sus hijos ya son mayores; los ve muy poco. No se ha atrevido a confesarles que vive en un hogar. No quiere que se avergüencen de ella. Prefiere mantenerse alejada. Les suele mandar prendas que ella misma ha tejido, es su manera de pensar en ellos. De decirles: «Os quiero. No os olvido.»

Cambió una casa elegante en las afueras por una habitación de doce metros cuadrados. Qué importa. Al menos ahora está segura. Viviane no puede aspirar a mucho más: trabajó toda su vida sin cobrar ni estar asegurada. Esa realidad tiene un nombre: «cónyuge colaborador». En la práctica, un timo. Viviane no tiene derecho a nada, ni al paro ni a la jubilación, como si nunca hubiera trabajado. Veinte años de vida laboral borrados de un plumazo.

Se puso a buscar trabajo, pero qué se puede esperar a los cincuenta y siete años. Así que se pasa el día tejiendo. De su pasado de secretaria le quedan la disciplina y los horarios: vende sus labores en la calle, de diez de la mañana a seis de la tarde entre semana y hasta las siete los sábados. Los domingos y festivos no trabaja. Por la mañana se arregla, como en los tiempos en que acudía a la consulta. Va siempre impecable, hecha un pincel. Nunca ha mendigado, no va con ella. No pide limosna, vende lo que ha tejido.

Solène la suele ver en la calle, sentada en el suelo, muerta de frío. «Esa mujer tan discreta podría ser mi madre», se dice. Y le da por imaginar cómo habría sido su vida con otro marido. Una mala elección la

142

hace cualquiera. Nadie está a salvo de eso. Una elección que se paga durante toda la vida. Nadie merece vivir así.

En el palacio, Viviane no ha establecido lazos auténticos con sus compañeras residentes. No obstante, parece apreciar su presencia. A veces, la pequeña Sumeya va a sentarse a su lado, junto a la planta, en la enorme sala común. Le gusta ver danzar las agujas entre sus dedos. Viviane le regala borlas y vestidos para sus muñecas. Hace unos días le dio una chaquetita de punto y un gorrito minúsculo. Sumeya los cogió en silencio. No necesitan hablar, no necesitan palabras para comunicarse. Ahora, Viviane le está tejiendo un jersey; la propia Sumeya ha elegido los colores de entre las madejas de su cesto. Rojo, amarillo y verde, para escapar del invierno gris.

Así transcurre la vida en el palacio, entre las maldiciones de Cynthia, las labores de Viviane y los tés de las tatas. Fluye como un río intranquilo, tumultuoso, borboteante. Allí todo es frágil. El equilibrio es precario. Pende de un hilo.

Solène nunca sabe lo que le espera ni lo que encontrará cuando abre la puerta de la sala común. Cada jueves le trae su lote de sorpresas. Cada sesión está llena de imprevistos. Cada encuentro es un acontecimiento.

19

—¿Cómo conseguiremos el dinero?

En el salón de su casa, los Peyron celebran consejo. Albin no para de dar vueltas. A su lado, Blanche
parece asombrosamente tranquila y decidida. Como
un general, elabora el plan de batalla de su proyecto de
compra del palacio. En un primer momento, deberán
reunir los tres millones y medio de francos de oro necesarios para la adquisición del edificio. Esa cantidad
no incluye la reforma. Hará falta el doble para cubrir
todos los gastos: el notario, remodelar las habitaciones, amueblarlas, instalar los suministros y concebir
las dependencias... Albin parece preocupado: el Ejército no puede adelantar esa suma, dispone de lo justo para asegurar su funcionamiento regular. Hay que
pagar el sueldo de los oficiales, el alquiler de las salas,
las pensiones de los veteranos, las dietas de los viajes,
el coste de la escuela militar... En Francia, el Ejército
apenas tiene fondos, y el Cuartel General Interna-

cional de Londres no les concede gran cosa. Las cuentas no dan más de sí, la situación financiera es preocupante.

—¿No lo ha sido siempre? —replica Blanche.

Le recuerda las ortigas que hervía para cenar a falta de algo mejor y las tres sillas, dos de ellas cojas, que les cedió el Ejército para amueblar su primer piso.

—Siempre nos las hemos arreglado —concluye—. Conseguiremos los millones.

¡Nada es imposible para los Peyron!

Blanche entra en el dormitorio con paso firme, abre el armario y saca la maleta de Albin. La pobre ha viajado lo suyo. Los Peyron han pasado en la carretera más tiempo del que sabrían decir. Toda una vida de giras por provincias y el extranjero. A Albin no le viene de un viaje más.

—Ve a Londres y habla con el general —le dice Blanche.

Bramwell Booth, el primogénito de William, se puso al mando del Ejército a la muerte de su padre, en 1912. Bramwell es un hombre inteligente y razonable que siempre ha mostrado buena disposición por los proyectos que los Peyron han sometido a su aprobación.

Albin vuelve de Londres con un cheque de mil libras esterlinas en el bolsillo. El jefe del Ejército no puede asignar más a su proyecto. Pero ¡una compañía de seguros de vida acaba de concederle un préstamo por la suma que necesitan para comprar el hotel!

El sábado 9 de enero de 1926, Albin se convierte oficialmente en el comprador del edificio situado en el número 94 de la rue de Charonne para el Ejército de Salvación. Blanche no aparece en los documentos. Dado que las mujeres no tienen derecho a poseer una cuenta bancaria, Albin gestiona él solo la transacción.

Una vez adquirido el edificio, necesitan reunir los fondos necesarios para reformarlo. Blanche sugiere lanzar una campaña gigantesca para recibir suscripciones y formar un comité honorario. Quiere informar a los medios, los periódicos, contactar con las personalidades más insignes de la política, las finanzas, la judicatura y el gobierno. Solicitar una entrevista con el presidente de la República, Gaston Doumergue, al que Albin conoció hace unos meses con motivo de la fundación del Palacio del Pueblo, para rogarle que les conceda su alto patronazgo.

La operación que despliegan los Peyron no tiene precedentes: multiplican las reuniones y las entrevistas, escriben artículos, informes, folletos. Imprimen y distribuyen folletos ilustrados, envían a oficiales, hombres y mujeres, a pueblos y ciudades en campañas de puerta a puerta, de casa en casa.
—¡Dad y haced que den! ¡Hablad, escribid, recolectad! —pide a sus tropas Blanche, que no tiene igual arengando a sus soldados y movilizando a la muchedumbre—. En la Edad Media, fueron las corporaciones de obreros humildes las que levantaron las catedrales —les recuerda—. Enviad vuestro donativo, por pequeño que sea. ¡Los arroyuelos son los que forman los grandes ríos! ¡Si no podéis actuar vosotros mismos,

ayudadnos a hacerlo! ¡Ayudadnos cuanto antes, con generosidad, con alegría!

Blanche pone al servicio de la causa sus dotes de oradora. Pese a su mala salud y las advertencias constantes del doctor Hervier, Blanche encadena conferencias y discursos para defender su proyecto, que califica de «urgente y magnífico». Se presenta ante los públicos más populares y los más selectos. Se acerca al borde del escenario, alza la mano para el saludo evangélico y se hace tal silencio que se oyen volar las moscas.

—¿Es que París no tiene corazón? —pregunta a modo de introducción—. La vieja Francia ha conocido la escasez de alimentos, ahora conoce la escasez de viviendas. La gente muere por no tener donde dormir.

Les recuerda la cifra terrible: cinco mil personas sin techo sólo en la capital. Y cita a William Booth, el padre del Ejército de Salvación: «No puedo presenciar el sufrimiento sin preguntarme dos cosas: ¿Cuál es la causa y qué puedo hacer para remediarlo?»

Blanche trata de sensibilizar al auditorio sobre la cruda realidad de las mujeres que están solas. Su futuro es muy negro. Se dirige a las esposas y a las hijas, que quieren que sus hermanas duerman a cubierto. Se dirige a los hombres, apela a su honor, al agradecimiento que sienten por quienes les dieron la vida.

Todos la escuchan cautivados. No es raro que las palabras de Blanche arranquen salvas de aplausos. Se muestra elocuente, imaginativa, pródiga en argumentos y citas. Tan pronto apela a Ruth («Hija mía, me gustaría garantizar tu tranquilidad») como a Ezequiel

147

(«Buscaré a la que estaba perdida, volveré a traer a la extraviada, vendaré a la herida y fortificaré a la enferma»). Lo mismo cita la Biblia que a Victor Hugo. El derecho a predicar que reclamó y que el Ejército concedió a las mujeres lo devuelve centuplicado a través de los discursos que pronuncia sin tregua.

Blanche es de una eficacia formidable. Un activo fundamental para el Ejército. Extiende la mano y no la cierra hasta que le han dado lo que pedía. En su despacho del cuartel general de la rue de Rome, escribe y dicta cientos de cartas. No se resigna a parar hasta que la tos puede con ella o Albin le suplica que vuelva a casa.

El comité honorario se constituye rápidamente. Está formado por el presidente del Consejo, los ministros de Asuntos Exteriores, Finanzas, Interior y Trabajo, el guardián de los Sellos, el prefecto de Policía, el director de la Asistencia Pública y el gobernador del Banco de Francia, a los que hay que sumar senadores, diputados, alcaldes, embajadores, decanos de facultades, directores de periódicos, miembros de la Academia Francesa y de la Academia de Medicina, directores de banco y otras personalidades ilustres. Albin sale exultante de su entrevista con el presidente de la República: ¡Gaston Doumergue acepta el alto patronazgo del comité! Además, les hace llegar un donativo procedente de su fortuna personal.

Albin redobla los esfuerzos. Prosiguiendo con sus gestiones, llama a las puertas de los banqueros y empresarios más poderosos del país. Los hermanos Rothschild, los hermanos Lazard y los hijos de los hermanos Peugeot parecen comprender la urgencia de semejante obra y hacen asignaciones sustanciosas.

Empiezan a llegar las suscripciones: las de los fundadores (que donan más de diez mil francos), las de los benefactores (más de cinco mil) y las de los donantes (más de mil). Las contribuciones más modestas son recibidas con gratitud. También se aceptan joyas y obras de arte, que luego se venden en beneficio del palacio. Todas las clases sociales participan en ese gran movimiento de solidaridad. Blanche presencia cómo una bailarina del Moulin Rouge entra en su despacho y le tiende el collar que ha ido a ofrecer a la causa.

La lista de suscriptores se publica en el periódico *En Avant*. En señal de agradecimiento, se ofrece a todos los benefactores la posibilidad de que su nombre o una cita de su elección queden inscritos en una de las puertas de las habitaciones del futuro palacio.

Los periodistas se hacen eco de la campaña, que tiene una difusión sin precedentes. Aparecen artículos en *Le Temps, L'Oeuvre, Le Matin, Les Dernières Nouvelles de Strasbourg, Le Siècle, Le Progrès Civique* y *L'Alsace Française*. Se imprime un gran número de folletos ilustrados del Ejército de Salvación y se distribuyen de forma masiva.

El comité honorario multiplica las reuniones en recintos emblemáticos de París. El 17 de febrero de 1926, en los lujosos salones del Hotel Continental. El 28 de marzo, en los del Ministerio del Interior, en la place Beauvau. En ellas, Blanche toma la palabra con más elocuencia y energía cada vez. Ante cientos de personas, defiende la causa de la mujer necesitada y evoca las perspectivas de recuperación que permitiría la habilitación de un simple cuarto en el palacio.

Hay setecientas cuarenta y tres.

Setecientas cuarenta y tres habitaciones para setecientas cuarenta y tres vidas que salvar.

—Quiero hacerles una pregunta —les anuncia—. ¿Aceptaremos para otros las condiciones de vida que rechazaríamos para nosotros? ¿Veremos a la madre abandonada luchar sola, vender su cuerpo para atender las necesidades de su hijo, sin tenderle la mano?

Albin escucha esos discursos emocionado y orgulloso. Blanche está inspirada, tan pronto dulce como enérgica, a veces hiriente como un látigo. Su poder de convicción es enorme. Escuchándola hablar de ese modo, se imagina que en otra vida habría podido ser abogada. Posee todas las cualidades.

A Blanche no le da miedo apuntar cada vez más alto. «¡Quiere la luna con las estrellas!», se dice de ella en las filas del Ejército. La mujer que ha recorrido sin descanso los bajos fondos se ve ahora admitida en los ambientes más selectos. Pero no se envanece de ello. La ostentación de las ceremonias a las que la invitan no le interesa. Lo único que le importa es la causa que ha ido a defender.

150

La opinión pública está cambiando. El 24 de abril, en el gran anfiteatro de la Sorbona, el ministro de Trabajo e Higiene habla ante dos mil quinientas personas: «Saludo solemnemente en nombre de la nación, después de tantos años de olvido, ingratitud y desconocimiento, a los precursores de esta obra, que, con armas fraternales, construyen y se esfuerzan en hacer realidad la sociedad futura.» Sus palabras marcan un antes y un después en la historia del Ejército de Salvación. Más que un bálsamo, son una rehabilitación, el reconocimiento oficial de su labor. «A la Internacional de la miseria, ustedes quieren oponer la Internacional del corazón. El árbol se conoce por sus frutos. Y éstos son magníficos. Quienes los producen no pueden ser malos. Merecen, más que un interés curioso, una ayuda efectiva», concluye el ministro. Blanche se acuerda con emoción de las burlas, las pullas y los insultos que llovían sobre los salvacionistas en sus inicios. Después de haber sido blanco de ladrillos, huevos podridos y ratas muertas, hoy son honrados y puestos como ejemplo. Lejos de colmarla de soberbia, ese reconocimiento le recuerda la urgencia y la necesidad de proseguir con sus esfuerzos.

El ritmo de las suscripciones se acelera. Reúnen el primer millón con rapidez. Blanche se congratula, pero mantiene la cabeza fría. Aún les queda por conseguir una suma considerable.

La epopeya del palacio no ha hecho más que empezar.

151

20

París, hoy

Tiene que reconocerlo: algunas peticiones la desconciertan.

Un jueves por la tarde, mientras se está instalando en su mesa habitual en la gran sala, recibe la visita de una mujer que acude a ella por primera vez. Se conocen de verse en clase de zumba. Silueta grácil, talle delgado... Iris tiene las pestañas largas y unas facciones delicadas. Con voz aterciopelada, le confiesa que su petición es de un carácter peculiar. Se siente incómoda exponiéndola allí y ruega a Solène que la acompañe a su habitación, en la quinta planta. Allí podrán hablar más tranquilas. Solène está sorprendida. Nunca se ha aventurado a entrar en las zonas privadas del palacio. Entrar en el estudio de una residente es cruzar una barrera, penetrar en su intimidad. La idea la incomoda. Le explica a Iris que no puede acompañarla, que debe realizar su tarea allí. No obstante, le garantiza discreción. Nada de lo que le confíe se sabrá, se lo promete.

Iris parece decepcionada. Con voz suave, responde que lo comprende, antes de alejarse entristecida. Solène se levanta para alcanzarla. No quería ahuyentarla. Después de todo, ese día hay muy poca gente... Acepta subir de forma excepcional, pero no se quedará mucho rato. No quiere sentar un precedente. Además, las residentes están acostumbradas a encontrarla abajo, no es cuestión de que crean que no ha ido o que ya se ha marchado.

Iris la guía en dirección a la gran escalera: no coge el ascensor, le explica, tiene claustrofobia. Subir cinco plantas no es lo mismo que hacer una clase de zumba, pero desde luego ayuda a perder unas cuantas calorías. Un poco de ejercicio no hace daño, añade. Que vivas en un hogar no implica que no te cuides.

Llegan al pasillo interminable que conduce a las habitaciones de la quinta planta. Solène mira las placas de las puertas, en las que figuran nombres o citas. Se detienen ante una de ellas, que exhibe el siguiente adagio: «Nadie es tan feliz ni tan desgraciado como se imagina.» Lo firma François de La Rochefoucauld. Curiosa elección para aquel sitio, piensa Solène.

Iris saca una llave y abre la puerta, que da entrada a una habitación pequeña pero bien acondicionada. Ve la cama individual, una única ventana, que da al patio interior, una cocina minúscula... También hay un cuarto de baño, comenta Iris. Toda una vida en unos cuantos metros cuadrados. Asegura que la estrechez del estudio no le molesta. Y cita a Virginia Woolf:

«Es la primera vez que tengo una habitación propia.» Solène parece sorprendida de la referencia literaria. Iris sonríe divertida.

—Que viva aquí no significa que sea una inculta.

Un punto. Tocada.

Invita a Solène a sentarse en la única silla y ella toma asiento en la cama. Espera unos instantes antes de empezar a hablar. Necesitaría que la aconsejaran con relación a una carta muy personal. Una declaración, para ser exactos.

Una declaración de amor a alguien que trabaja en el palacio.

Solène no dice nada. Está intrigada pero no lo exterioriza. Deja que Iris continúe.

Antes de seguir, la chica querría contarle su historia. Iris no es el nombre que le dieron al nacer. En su vida anterior se llamaba Luis. Sólo dos letras, un pequeño cambio en el registro civil. Un gran paso para ella. Una vergüenza para sus padres. Nacido de padre mexicano y madre filipina —«Soy una mezcla curiosa», admite con humor—, Luis era un niño incomprendido y un adolescente atormentado. Rechazado por su familia debido a su diferencia, decidió pese a todo llegar hasta el final de su cambio de identidad. Su trayectoria está salpicada de estancias en albergues de emergencia, temporadas en la calle, pequeños trabajos mal pagados e intentos de suicidio, como demuestran las cicatrices de sus muñecas. Iris conoce el maltrato y la prostitución. En la escalera de la desesperación, ha bajado hasta el último peldaño. Cuando se toca fondo, dice, ya sólo se puede subir.

Su encuentro con una asistente social lo cambió todo.

A los treinta años, Iris se halló al fin a sí misma. En el palacio se está reconstruyendo. Empieza a pensar que tal vez tenga un futuro, que la vida le reserva algo más que sufrimiento y rechazo.

Sin embargo, le sigue costando que la acepten. Se enfrenta a la hostilidad de algunas residentes, que consideran que no tiene sitio en el palacio. Habla del desprecio del que suele ser objeto. Cabría pensar que las dificultades de la vida han vuelto a las mujeres de allí más tolerantes, más abiertas a la diferencia. Nada de eso. Algunas son racistas, afirma Iris sin vacilar. Reprochan a las refugiadas que hayan sido acogidas igual que ellas y tengan los mismos derechos. Allí también se oyen esos argumentos, lamenta Iris. En el palacio todas saben a quién votan las demás.

El dueño de su corazón no es otro que Fabio, el joven profesor de zumba. La primera vez que lo vio estuvo a punto de desmayarse. No sabe por qué la trastorna tanto. Quizá sean sus raíces sudamericanas, o esa manera inimitable de mover la pelvis. Aunque también puede deberse a su sentido del ritmo, o a su acento brasileño... Le basta con verlo bailar para que le den escalofríos.

—Un ángel con el cuerpo de un demonio —dice sonriendo.

Iris no es deportista, nunca lo ha sido. Se apuntó a clase de zumba con el único objetivo de estar cerca de él. No ha faltado una sola vez. Se pasa la semana esperando a que llegue ese momento. Piensa en él día y noche.

Ya hace casi un año que ama a Fabio en secreto. Allí no tiene a nadie a quien confiarse, aparte de Salma. Gracias a ella —que lo sabe todo, porque recibe las confidencias del palacio entero—, se ha enterado hace poco de que Fabio está soltero. Iris ha tomado la decisión de declararse. Es un asunto delicado, no quiere asustarlo. Es consciente de que su «diferencia», como la llama ella púdicamente, puede ser un freno a su relación, pero ya se verá.

—Los grandes amores y los grandes proyectos se miden por los riesgos que se corren por ellos.

La frase no es suya sino del Dalai Lama. La tiene apuntada en una libreta.

Iris tiene un carácter reservado. No se atreve a abordar al joven profesor para proponerle tomar una copa o ir a cenar. Así que le ha escrito un poema en la soledad de sus noches. Necesita que Solène lo lea y le dé su opinión. Y también que le corrija las faltas. Nunca se le ha dado bien la ortografía, y menos aún en francés. No es su lengua materna, aunque le gusta más que la suya. Quiere respetarla.

Es consciente de que un poema puede parecer algo anticuado. En estos tiempos de teléfonos móviles y redes sociales, se envían más bien mensajes breves de texto, por no hablar del *sexting*. Internet y las páginas de citas han hecho que las relaciones amorosas sean más inmediatas y directas. Pero Iris es una romántica. Qué se le va a hacer, una no cambia así como así.

Al decirlo, sonríe con humor. A Solène le gusta su capacidad de reírse de sí misma. Iris tiene ingenio. Es educada y culta. En otras circunstancias, podrían haber sido amigas.

Ante un par de vasos de zumo, Iris le cuenta a Solène que en el país de su padre, México, hay muchos escribientes públicos que venden sus servicios. En la plaza de Santo Domingo, la competencia es dura. Para conseguir un puesto, hay que superar unas pruebas de ortografía y gramática. Cada escribiente tiene su especialidad. En otros tiempos, un tío suyo tenía allí un tenderete dedicado a las cartas íntimas. Un día, aprovechando que no había podido ir, sus competidores hicieron correr el rumor de que había muerto para robarle los clientes. Cuando apareció al fin a última hora del día, una anciana empezó a gritar, convencida de que estaba viendo su fantasma. A él le encantaba contar esa historia. Sabía muchas otras, pero ésa era su favorita.

Iris se interrumpe. Es muy charlatana, cuando está en buena compañía se podría pasar horas charlando. Pero sabe que Solène tiene el tiempo tasado. Saca el poema del cajón de un pequeño escritorio que también forma parte del mobiliario. Duda en lanzarse. Le da vergüenza, confiesa. Para atreverse a mostrar los propios escritos se necesita valor. Solène lo sabe. Se acuerda de sus cuadernos de adolescente, los que confió a su profesor de francés del instituto. Tardó meses en dar el paso. A veces, desdoblar una hoja de papel es un acto de valentía. Es lo que se dice Solène mientras Iris empieza a recitar.

Solène la escucha con atención, conmovida. Las palabras de Iris son torpes, ingenuas, confusas, caprichosas e indisciplinadas, pero son sinceras. Las rimas flojean y los versos están cojos, pero el poema se tiene en pie. A Solène la sorprende que la embargue la emoción. Que ella recuerde, nunca se le han declarado así. Nadie se ha molestado en escribirle un poema, en confesarle sus sentimientos de ese modo.
Le habría gustado haber tenido arrestos para hacerlo ella. Cuando Jérémy la dejó, las palabras la abandonaron totalmente. Tal vez hubieran bastado unas cuantas rimas, un poco de valentía, para cambiarlo todo... Un poco de poesía. ¡Quién sabe!

A Iris le faltan sintaxis y vocabulario, le falta casi todo, pero desde luego no pasión. A Solène le dan escalofríos oyendo sus versos. Piensa en Cyrano recibiendo las confidencias de un Christian que arde de amor por Roxane. En el palacio se dice que el auténtico Cyrano de Bergerac está enterrado allí, en algún lugar bajo la biblioteca, no en Sannois, como afirman sus biógrafos. Habría encontrado refugio en el convento que se alzaba en aquel solar, junto a su hermana monja, entre cuyos brazos habría muerto. Quizá su alma sigue vagando un poco entre aquellas cuatro paredes. Y hoy, un poco también en las palabras de Iris, entre los versos de su poema.

Solène se apropia del «Está bien» de Binta. Tranquiliza a Iris. El poema es perfecto, no hay que cambiar nada. Corrige unas cuantas faltas, arregla dos o tres giros, y listo. Ya sólo queda entregárselo al interesado. Iris ha decidido que se lanzará en la próxima clase de zumba...

Mientras baja la gran escalera para volver a la sala común, Solène intenta imaginarse la reacción de Fabio al leer el poema. Espera que lo conmueva, como a ella. Reza para que las palabras de Iris sean el comienzo de una relación. Se emociona al pensarlo, como si fuera la celestina, o al menos la cómplice. La Cyrano del palacio.

Las palabras de Iris casi le dan ganas de enamorarse. Nada como la poesía para endulzar la vida. De adolescente, leía mucha en las antologías que sacaba de la biblioteca. La música de las palabras la cautivaba, la transportaba en viajes secretos que disfrutaba sola, como si fueran placeres inconfesables. Después vino la vida adulta, que borró los poemas, las anáforas y las alegorías. Quizá no sea demasiado tarde para el amor, se dice. Ni para la poesía.

—Quizá no sea demasiado tarde para mí.

Y Solène se reintegra a la vida y al ajetreo de la sala común con algo de rubor en las mejillas y algo de ardor en el corazón. Una pizca de esperanza y de felicidad.

21

Esta mañana, Solène ha sacado del armario el jersey de cachemira de Jérémy y lo ha metido en una bolsa. Ha llegado el momento de hacer borrón y cuenta nueva. No puede plantearse el futuro con la vista puesta en el pasado. Se lo dará a Stéphanie, la asistenta social, para el ropero solidario que acaba de montar en el sótano del palacio.

Contemplando su vestidor y sus trajes cuidadosamente ordenados, Solène se dice que ya no se reconoce en la ropa que solía llevar al bufete. Ya no es así. De pronto le entran ganas de hacer limpieza. Las residentes carecen de todo, no tienen dinero para renovar su armario. Seguro que se alegrarán de recibir una chaqueta o una blusa que puedan llevar a una entrevista. Los trajes de Solène no están estropeados, los ha cuidado, algunos están casi nuevos.

Regalarlo todo le hace bien. La hace sentirse más ligera. Adiós al pasado. Y adiós a Jérémy.

También se va a deshacer de los libros, que donará a la biblioteca del palacio. Allí serán más útiles que en las cajas de cartón del sótano. Cuando por fin se aventura a bajar, se ve devuelta al pasado. Allí están las queridas novelas de su adolescencia. La han seguido en sus mudanzas, pero nunca ha tenido tiempo para sacarlas. Están intactas, polvorientas pero enteras. *Fin de viaje*, *La señora Dalloway*... Virginia Woolf era su escritora favorita. También está *Una habitación propia*. Solène la hojea y relee algunos pasajes. Ese ensayo de Woolf, que leyó a los diecisiete años, la marcó. Para escribir, explica Virginia, una mujer necesita un poco de espacio, un poco de dinero. Y tiempo.

Solène cierra el libro, sorprendida por la evidencia. Ella tiene las tres cosas.

Entonces, ¿por qué no escribe?

Iris, en medio de su vida atormentada, en su estudio diminuto del palacio, privada de todo, encontró en sí misma la fuerza para lanzarse. La pobreza no impidió que la poesía brotara. Bajó la gran escalera del hogar, caminó hasta la papelería para comprar un cuaderno y se puso manos a la obra, sin darle más vueltas. También ha esbozado un primer borrador de la novela sobre su vida, le confió a Solène. Pero todavía es demasiado pronto para enseñárselo.

Solène piensa en los poemas que habría podido escribir. Se perdieron en las idas y venidas de sus años en el bufete. Sus cuadernos deben de estar en el fondo del armario de su habitación de la infancia, en casa de sus padres. Llevan durmiendo allí más de veinte años.

Se prometió a sí misma que un día escribiría una novela. ¿Sería capaz? El proyecto la ilusiona tanto como la asusta. Teme releer sus textos y darse cuenta de que son anodinos. ¿No sería terrible descubrir después de todos estos años que no tiene talento? Al convertirse en abogada, Solène conservó la ilusión truncada, el sueño postergado. Se concedió a sí misma el beneficio de la duda, que le permitía fantasear con un futuro posible. Enfrentarse a la realidad es una tarea arriesgada. Hay que estar a la altura de las expectativas propias, y éstas siempre son elevadas.

De pronto se avergüenza de sentirse tan cobarde. Iris, que ha estudiado diez veces menos que ella y apenas domina los rudimentos del francés, no ha tenido miedo de lanzarse al agua. No ha temido enfrentarse a la mirada de Fabio, ni a la suya. Es más valiente que todas las Solène del mundo juntas, mientras que ella tiembla ante un viejo sueño olvidado.

Ahora ya no tiene elección. Ha llegado demasiado lejos como para echarse atrás. Sin saberlo, las residentes del palacio la han puesto entre la espada y la pared. Binta, Iris y las demás la han hecho reconectar con las palabras. Se ha reencontrado con ellas, no puede volver a traicionarlas. Debe llegar hasta el final de ese camino que inició hace más de veinte años. Quizá el sentido de la terapia sea ése: retomar el curso de su vida allí donde lo dejó. Eso requiere valor. Y ahora Solène lo tiene.

Sin esperar más, marca el número de teléfono de sus padres y les anuncia que el próximo domingo irá a comer con ellos.

Llevaba mucho tiempo sin hacerles una visita. Su hermana también está, acompañada por su marido y sus hijos. Todos se alegran de ver que Solène se encuentra mejor. Está relajada, sonriente. Les dice que está dejando la medicación poco a poco. Cuando su padre le pregunta cuándo piensa retomar su trabajo en el bufete, ella se muestra evasiva. Tiene otros proyectos. La conversación deriva hacia las proezas del benjamín de su hermana, y Solène aprovecha para ausentarse e ir a encerrarse en su antigua habitación. Allí, bajo pilas de ropa colorida y pasada de moda, agendas viejas que ni sabe por qué guarda, vinilos, cintas VHS que pidió prestadas y nunca devolvió, cajas de zapatos llenas de cartas y entradas de cine —¡ay, la manía de no tirar nada, como si amontonar recuerdos anodinos permitiera conservar un poco de la juventud perdida!—, acaba encontrando los cuadernos de poesía, bien escondidos en el fondo del armario. Espera a estar de vuelta en París para zambullirse en ellos.

Se pasa toda la noche leyéndolos. No los cierra hasta el amanecer.

Ha de ser sincera: algunos pasajes son de una ingenuidad increíble. Hay giros torpes, ampulosos, frases enteras que convendría eliminar. Pero el conjunto no carece de interés, piensa Solène. Ve un punto de partida, el esbozo de un estilo... Quizá se equivoque, prefiere ser prudente, con las palabras nunca se sabe. Pero la emociona encontrarse, intacta, entre esas líneas. Ahí está, entera, en el arranque de su vida, aún sin estropear, ilimitada.

Y de pronto vuelve a tener ganas. Ganas de lanzarse a escribir una novela, como se había prometido a sí misma. Ganas de creérselo. De pensar que la vida está delante, siempre delante. Que basta con una pluma para cambiarlo todo. Con un poco de poesía para reinventarse.

Como Iris, baja a la papelería y compra un cuaderno nuevo para ponerse a trabajar. Las palabras llevan esperándola demasiado tiempo.

Ahora hay que escribir.

22

Está ahí. Es invisible pero está ahí. Como un cordón de seguridad, un perímetro vacío, una tierra de nadie que nadie cruza, como si una barrera impidiera avanzar.

Solène se fija en la gente que deambula ante la panadería y se esfuerza en evitar a la joven indigente. La mayoría no la miran. Se limitan a sortearla, como si fuera un obstáculo, un objeto. Son pocos los que le dan unas monedas. Y menos aún los que se molestan en sonreírle o decirle algo.

Solène aún no se ha atrevido a entablar conversación con ella. Se detiene cada vez más a menudo para dejar unas monedas en su vasito. A veces le da un cruasán o una barra de pan. Su trato se limita a unas cuantas palabras de cortesía, «buenos días», «hasta luego», «gracias»... La chica siempre se muestra educada. Solène no sabe qué le impide ir más allá. En el palacio aborda sin problemas a las nuevas residentes. Ya no teme acercarse a la pobreza, que ahora le resulta familiar. La palabra «precariedad» ya no es un término abstracto, ha adquirido los rasgos de Binta, Viviane, Cvetana... Ha dejado de asustarla.

En la calle todo es distinto. Lo que se atreve a hacer entre las paredes tranquilizadoras del palacio no se atreve a hacerlo allí, delante de la panadería. Abordar a la joven indigente significa crear un vínculo, abrir camino a la empatía. Entablar conversación es reconocer al otro en su humanidad. Luego es difícil sortearlo, seguir ignorándolo.

La avergüenza no ser capaz de dar ese paso. Le gustaría encontrar alguna excusa, fingir que tiene prisa, como en los tiempos del bufete. Pero no es verdad. Lo que la retiene es otra cosa, un sentimiento al que le cuesta dar nombre: el miedo a sentirse comprometida. Su voluntariado acaba en las puertas del palacio. Ya es bastante, se dice para justificar aquella pequeña cobardía. En el pasado hacía como tantos otros, bajar los ojos cuando se cruzaba con un hombre o una mujer que pedía. Alguna vez incluso llegó a cambiar de acera para no enfrentarse a su mirada. Una forma de protegerse, se decía entonces. Era un argumento que le servía, que conseguía creerse. Desde hace algún tiempo, ya no puede.

Por la noche, en la cama, se pregunta dónde duerme la indigente. ¿En un refugio? ¿Un aparcamiento? ¿En algún edificio abandonado? En cuanto suben la persiana metálica de la panadería, se pone de rodillas en la acera. De rodillas, como una penitente. Como una condenada.

Una mujer de rodillas en plena calle debería escandalizar a todo el mundo. Sin embargo, no conmueve a nadie, o a casi nadie. La imagen obsesiona a Solène, que intenta ahuyentarla en vano. A veces le impide dormir.

Solène sabe exactamente en qué momento empezó aquello.

Era una tarde tranquila en el palacio. Había llegado antes de hora. En la sala común no había casi nadie, sólo la mujer de los capazos, que dormitaba en un rincón. Se despertó a su llegada.

Al verla sola, se acercó a Solène y le preguntó si podía sentarse. Solène asintió. No tardó en comprender que la buena mujer no tenía cartas que escribir ni consejos que pedir. Sólo ganas de hablar. Solène estuvo a punto de interrumpirla, de decirle que ella no estaba allí para eso. Pero pensó en las enfermeras y en las auxiliares que la habían acompañado durante su estancia en la clínica. Más que los somníferos y las pastillas que le repartían todos los días, lo que la había ayudado a resistir había sido su atención bondadosa. No hay que minusvalorar los pequeños gestos y las sonrisas: son poderosos. Apuntalan murallas contra la soledad y el abatimiento. Así que ese día Solène dejó continuar a la mujer de los capazos. En lugar de la pluma, le prestó los oídos, unos que escuchaban sin juzgar.

En el palacio la llaman «la Renée», el nombre que le dieron sus compañeras de la calle. Pasó quince años en las aceras. Quince años sin techo, sin hogar. Quince años sin dormir en una cama. Desde entonces, la

Renée es incapaz de hacerlo. No consigue conciliar el sueño en su habitación, se siente encerrada. Prefiere dormir en las zonas comunes, rodeada de sus capazos. No se decide a guardar sus cosas en el armario. Tiene miedo de que se las roben. Necesita sentirlas cerca constantemente, como si toda su vida cupiera ahí, en esas bolsas enormes que carga día y noche a la espalda, como una mujer caracol.

Su sitio preferido es la lavandería. Suele dormirse junto a las lavadoras, envuelta en el olor a detergente y suavizante. Los empleados del palacio son comprensivos y a veces le dejan pasar la noche allí. A la Renée le gusta dormir así, arrullada por el ruido de las máquinas, oliendo a limpio y fresco. El aire húmedo y caliente que sale de las secadoras mantiene la temperatura suave tanto en invierno como en verano. Al principio, algunas residentes refunfuñaban, incluso la empujaban cuando tenían que sacar su ropa de la lavadora. Pero la Renée fue más astuta (quince años en la calle te enseñan a serlo). A cambio de su tranquilidad, se ofreció para vigilar la ropa, lo que puso fin a los numerosos robos que se producían. Al cabo de unas semanas, la Renée se convirtió en la guardiana oficial de la lavandería, un puesto que le encanta. De vez en cuando también hace algún favor, como subir la ropa a las habitaciones cuando una de sus compañeras residentes está indispuesta.

Por supuesto, tuvo que volver a aprender a utilizar las máquinas, algo que había olvidado, como todo lo demás. En la calle no te lavas la ropa. A falta de los euros necesarios para utilizar las lavanderías automáticas, a veces es más fácil conseguir ropa en un ropero solidario y tirar la que se lleva puesta.

Vivir quince años en la calle es como pasar quince años en coma, dice la Renée. Luego hay que readaptarse, reaprender cada rutina de la vida diaria. Cocinar, dormir en una cama, fregar los platos, cambiar las sábanas... Otros tantos retos para una antigua indigente. Ella había olvidado las mil insignificancias que componen el día a día, las había dejado en el pavimento. Salma y las empleadas del palacio la acompañaron en ese largo reaprendizaje, en su reeducación, como quien sobrevive a un accidente de tráfico o un gran incendio.

La Renée ha tenido tres vidas. La de antes de la pesadilla, de la que nunca habla. La de la calle, que se tragó la anterior y la borró. De esos años crueles recuerda la penuria, el frío, la indiferencia, la violencia. Fuera te lo quitan todo, dice, el dinero, la documentación, el móvil, la ropa interior. Le robaron hasta las prótesis dentales. También la violaron. Cincuenta y cuatro veces. Las contó.

Cincuenta y cuatro violaciones. Cincuenta y cuatro profanaciones de ese cuerpo estropeado, exhausto. Una realidad inverosímil, que sin embargo confirmaron los exámenes médicos. Los medios de comunicación lo mencionan pocas veces: la violación de las mujeres sin techo no es un tema bonito. Ni el más adecuado para sacarlo en el telediario de las ocho de la tarde, cuando Francia está sentada a la mesa. La gente no tiene ganas de saber lo que ocurre debajo de casa cuando ha acabado de cenar y va a acostarse. Prefiere cerrar los ojos.

Dormir, soñar. Un lujo que las mujeres sin techo no se pueden permitir. Fuera, todas son presas. La miseria no pone límites al horror. La Renée recuerda haberse despertado en mitad de la noche porque le estaban dando patadas en el aparcamiento en el que se había refugiado. Aún oye los jadeos de los hombres que se turnaban encima de ella, un grupo de indigentes borrachos. De lo que le hicieron después prefiere no hablar. Es un recuerdo maldito, entre tantos otros que trata de olvidar.

—Si te duermes, estás muerta.

Así es como resume la Renée sus noches al raso. Cualquier cosa antes que rendirse al sueño. Hay que andar, o tomar el autobús en un sentido y a continuación en el otro. La de kilómetros que habrá hecho ella. París-Nueva York a pie. Algunas noches le dolían tanto las piernas que tenía la sensación de que se le iban a separar del cuerpo. Pero no podía detenerse. Es una espiral sin fin que empieza de nuevo cada noche. Un viaje sin destino. Una partida sin llegada.

Para evitar que la agredieran, la Renée se cortó el pelo, disimuló los signos de su feminidad. Esto es así, dice, en la calle las mujeres tienen que esconderse para sobrevivir. Un círculo infernal y vicioso: al volverse invisibles, se borran a sí mismas, desaparecen de la sociedad. Son intocables, fantasmas que vagan por la periferia de la humanidad.

El infierno duró quince años.

—Quince años, aproximadamente —puntualiza la Renée.

Sin dormir, se pierde la noción del tiempo. En la calle, éste se dilata, se estira como la goma de un globo inflado al máximo. Dejas de contar los días, los meses, los años. Lo peor es el metro. No hay que acercarse a él. Quienes se refugian en el metro no vuelven a salir. Sí, allí se está caliente, pero te hundes más deprisa. En sus pasillos ni siquiera se distingue el día de la noche. Te vuelves loco. Ella perdió amigos que cedieron a la tentación de las profundidades y no volvieron a salir.

Hay que quedarse fuera, cueste lo que cueste. Aguantar. No hundirse.

—Y con el alcohol y las drogas, lo mismo —dice la Renée.

Siempre se negó a tocarlos. Un lingotazo de tinto de vez en cuando, cuando hace frío, y para de contar. El alcohol es una trampa, como el metro. Un pozo sin fondo en el que es fácil caer. Se necesita mucho carácter para resistir, ella puede atestiguarlo. Pese a la violencia, pese al hambre, el frío y las agresiones, la Renée nunca se hundió. Es así, ella es una fuerza de la naturaleza. Viene del norte. Allí la gente está hecha de otra pasta, asegura, una que no se parte. Algo dentro de ella aguantó, algo que quería continuar.

A raíz de una agresión aún más salvaje que las anteriores, la Renée acabó inconsciente en el hospital. Allí encontró al Ángel, como la bautizó ella, una joven asistente social más entregada que el resto. Sobrecogida por su estado, el Ángel se juró que la sacaría de allí.

Cosa nada fácil, la verdad. La Renée no dejaba que se le acercaran así como así. Promesas había oído muchas, ya no se creía nada. La calle te endurece, te vuelve desconfiado como un animal herido. Eso no la hizo desistir. El Ángel puso en pie a la Renée, la sostuvo, la acompañó, la guió. Con la fuerza de sus brazos y sus certificados. La ayudó a volver a hacerse la documentación —hacía años que se la habían robado, que vivía sin papeles— y a obtener la Renta de Solidaridad Activa, a la que tenía derecho. Tuvo que esperar muchos meses, rellenar cuestionarios, presentarse a entrevistas. Parecen naderías, pero para un sin techo son un auténtico desafío. Sin noción del tiempo, sin nadie que te ayude a levantarte cuando te derrumbas tras una noche en la calle, es casi imposible cumplir con una cita.

Sin embargo, la Renée lo logró. Gracias al Ángel, superó todas las dificultades. Por supuesto, hubo fracasos, discusiones, ganas de mandarlo todo a paseo. Saltaron unas cuantas chispas. Pero al final juntas lo consiguieron. Su petición de ingresar en un hogar acabó obteniendo respuesta después de meses de lucha. Celebraron la noticia ante un plato de *fricadelles*, la comida favorita de la Renée.

Su tercera vida empezó allí, en el palacio. Cuando llegó, apenas se tenía en pie, Salma fue testigo. Se quedó dormida en uno de los sillones de recepción incluso antes de que le entregaran las llaves. Muerta de cansancio, se quedaba traspuesta en todas partes, a veces en mitad de una frase, de una conversación. Pasó días enteros durmiendo en la sala común, en la lavandería o en el suelo, a los pies de su nueva cama, a la que no conseguía acostumbrarse. Llevará su tiempo subirse al colchón.

Por supuesto, la lucha no ha acabado, queda camino por recorrer, pero ahí está la Renée, viva. Tiene un techo. Ahora nadie la despierta a patadas en medio de la noche para violarla. Entre los muros del palacio, intenta recobrar su dignidad, que se olvidó encima de un banco, hace mucho tiempo. La autoestima es lo que más cuesta recuperar.

Entretanto, mantiene la cabeza alta. Eso siempre. Es el lema de la Renée.

23

París, 1926

—¡Es increíble lo que son capaces de conseguir los Peyron! ¡Tienen un don para eso!

En las filas del Ejército se alaba el ardor y la tenacidad de los dos comisarios. A principios de esa primavera de 1926, las suscripciones para el proyecto del Palacio de la Mujer van viento en popa. El 6 de mayo alcanzan el segundo millón de francos.

Las obras acaban de empezar. Blanche quiere comprobar por sí misma su buena marcha. Le gusta visitar el edificio e imaginarse el aspecto que tendrá una vez reformado.

Cada habitación de nueve metros cuadrados dispondrá de un lavabo de gres esmaltado blanco que suministrará agua caliente y fría. Pintarán las paredes y encerarán el parquet. Cada estudio tendrá una cama, un armario con barra para colgar la ropa, estantes y cajones, una mesita y una silla. El edificio contará además con dos dormitorios de espera colectivos de veinticinco plazas. Según la planta, las habitaciones estarán pintadas de azul, verde, beige o gris. Además de las placas en las puertas, colgarán letreros en los pasillos para ayudar a las residentes a orientarse.

En las zonas comunes acondicionará una lavandería, un comedor con capacidad para servir cientos de comidas, una sala de juegos, una biblioteca, que se procurará llenar de libros, una sala de gimnasia, salas de costura y reunión y un salón para las visitas. Por último, las azoteas del tejado se transformarán en un área de descanso y jardín de infancia, para que las residentes que trabajen puedan dejar a sus hijos.

Blanche tiene ya ante los ojos su Palacio de la Mujer: un refugio para todas aquellas a quienes la vida ha maltratado y la sociedad ha dado la espalda. Una ciudadela en la que cada una tendrá un alojamiento sólo para ella, una habitación con calefacción, bien ventilada y amueblada cómodamente. Un remanso de paz.

Un palacio para curarse las heridas y volverse a levantar.

Sin embargo, el entusiasmo de Blanche se enfría ante el estado de las cuentas. Las suscripciones continúan pero no bastan. Las obras devoran sumas extraordinarias. La remodelación está resultando más costosa de lo previsto. Hay que tirar paredes y levantar otras, restaurar terrazas y renovar suelos, colocar lavabos en todas las plantas, acondicionar las cocinas, reparar la calefacción central y la instalación eléctrica, pintar miles de metros cuadrados de paredes y techos... Todavía necesitan un millón y medio de francos para saldar los gastos. Por no hablar de la devolución del préstamo, en la que también habrá que pensar...

Por primera vez, le entran dudas. ¿No habrá picado demasiado alto? ¿No habrá pecado de exceso de ambición al embarcarse en ese proyecto? En nombre de la causa y de los necesitados, ¿no habrá caído en el pecado del orgullo, de la vanidad? Se ha creído lo bastante fuerte para vencer las dificultades, para convencer al mundo entero de las bondades de su empeño. Pero ¿le dará la razón el futuro? ¿O habrá metido al Ejército en un pozo financiero sin fondo?

Blanche acusa el esfuerzo. En Alsacia, donde da una serie de conferencias, se desmaya al final de un discurso. Permanece tumbada varias horas sin poder levantarse. Vuelve a París exhausta, más débil que nunca.

Albin está preocupado. Su Blanche de siempre, tan orgullosa, tan luchadora, cede al cansancio y el desánimo. Su salud empeora, la tos ya no la deja dormir. Le duelen los oídos, las muelas y la garganta, y la migraña le atenaza el cerebro. La ciática es una tortura y dificulta sus movimientos.

Durante sus largas horas de insomnio, Blanche se levanta, atormentada, y se pasea por el salón de su casa. No puede fallar, ahora no. Piensa en todas las guerras que ha tenido que librar, en todas las batallas en las que ha luchado desde sus comienzos en el Ejército. Ahora su energía la abandona, su cuerpo la traiciona. En sus lecturas, intenta encontrar el último recurso, la fuerza para seguir luchando. Relee pasajes de su libro de cabecera, *Courage*, de J.M. Barrie, el autor de *Peter Pan*. Lleva toda la vida subrayando sus páginas: «Tenéis ante vosotros años gloriosos, siempre que deseéis que lo sean. Así que adelante, como los valientes.» Invoca a santa Teresa de Lisieux: «El Señor me ha concedido la gracia de no tenerle ningún miedo a la guerra.» Se reencuentra con los versos de Victor Hugo, su querido Victor Hugo, cuyo espíritu admira y cuyo compromiso valora enormemente:

Quienes viven son quienes pelean
con un designio fijo en el pecho y la cabeza.
Los que trepan escarpas hacia un alto destino.
Los que persiguen, absortos, un sublime objetivo.

Blanche siempre ha admirado a ese gran hombre y lo cita en sus conferencias. Su *Discurso sobre la miseria* es una referencia para ella. Hace poco eligió uno de sus poemas para *En Avant*:

¡Dad! Llegará el día en que dejaréis la tierra.
Allá arriba, vuestras dádivas serán vuestra riqueza.
¡Dad, para que digan: «Se apiada de nosotros»!
Para que el indigente, helado en la tormenta,
el pobre que sufre delante de vuestras fiestas,
no lance a vuestros palacios miradas aviesas.

Blanche es una lectora voraz desde niña. Pese a las vicisitudes de la vida, nunca ha dejado de leer y de encontrar consuelo e inspiración en sus autores favoritos.

Por desgracia, Victor Hugo ya no está, y la voz de Blanche se apaga lentamente.

Es Albin, el esposo abnegado y fiel, el cómplice de siempre, el compañero de armas y cordada, quien encuentra las palabras para levantarla. Se lo prometieron aquel día, montados en el biciclo: si uno cae, el otro lo levantará. Es lo que hacen los soldados. Dos tienen más fuerza que uno. Solo nunca se llega muy lejos. Blanche se acuerda de lo que le dijo Albin.

No mentía. Nunca ha desfallecido. Los obstáculos sólo son piedras en el sendero, le dice. La duda forma parte del camino. No es uniforme, hay trechos agradables y tramos desiguales y llenos de zarzas, de arena, de pedruscos, antes de las praderas cubiertas de flores... Hay que seguir avanzando, cueste lo que cueste.

—Eres una guerrera —le susurra una noche—, un ángel combatiente. Tienes una fuerza inmensa. Tu vida dejará una huella profunda.

Al día siguiente, Blanche está en pie. Durante la noche, le ha bajado la fiebre. Albin quiere que descanse, pero ella sonríe.

—No te preocupes —le dice—. Tengo tiempo para reponerme de los pulmones antes de la próxima gira. Prefiero morir en la lucha a vivir alejada de ella.

Y Blanche parte de nuevo a la guerra enfundada en el uniforme que nunca ha dejado de llevar. Su fe es su espada. La confianza y el amor de Albin, sus mejores aliados. Juntos seguirán ascendiendo por el camino que tomaron hace casi cuarenta años. Sus facciones se han ajado y sus pasos son un poco menos firmes que antaño, pero el amor sigue ahí.

Y va a llevarlos hasta la cima.

24

En el palacio reina un silencio sepulcral.

Solène lo advierte en cuanto cruza la puerta: ha ocurrido algo. El mostrador de recepción está desierto, igual que la sala común. Con un mal presentimiento, recorre los despachos y llama a las puertas. Nadie responde. Acaba llegando a la gran sala de reuniones, donde encuentra a la directora y las empleadas. Con los ojos hinchados y rojos, Salma se acerca a ella.

—Es Cynthia —le susurra.

Hacía tres días que no se dejaba ver. Algunas residentes se pasan semanas enteras encerradas en la habitación, pero Cynthia no era de ésas. Salma se preocupó. Fue a llamar a su puerta y preguntó a las tatas. Nadie la había visto ni oído desde hacía algún tiempo. Una calma sospechosa. Salma pidió autorización para hacer un duplicado de la tarjeta magnética que permite entrar en las habitaciones.

La encontró allí, tendida en la cama. Sin vida.

Cynthia había dejado una carta en la mesilla de noche. Salma nunca olvidará sus palabras. Las tiene grabadas en la memoria como un testamento, el último grito de Cynthia antes de la eternidad.

Decía que era demasiado tarde para ella, desde hacía mucho tiempo. Demasiado tarde desde siempre. Que su nacimiento no tuvo sentido. Que no la deseaban. Que su vida no había sido más que una larga serie de desilusiones y sufrimientos. Que habría preferido no existir.

Que su hijo era lo más bonito que le había ocurrido. Que le había regalado los únicos momentos de alegría que había conocido. Que esperaba que lo adoptaran y encontrara unos padres que cuidaran de él mejor de lo que lo había hecho ella.

Que había decidido marcharse con su vieja amiga, una droga a la que describen como «dura» pero que le ofrecía una escapatoria suave.

Que no se llevaría su ira consigo, que prefería dejarla allí, entre los muros del palacio.

Que sólo conservaría la risa de su hijo, su risa de niño cuando le hacía cosquillas.

La risa de su hijo, sólo eso.

Sólo eso, antes de partir.

Solène se ha quedado muda. La desaparición de Cynthia la fulmina. Su muerte es el fracaso de toda la sociedad. Del palacio y la Ayuda a la Infancia. De los hogares de acogida y los educadores, de toda la gente a la que conoció durante su corta vida. A pesar de los esfuerzos de unos y otros, nadie supo ayudarla, sacarla de las arenas movedizas en las que se estaba hundiendo lentamente.

«¡Eres como los demás, no sirves para nada!» Solène recuerda esas palabras. La culpabilidad la alcanza, la golpea tan súbitamente como el manotazo que dio Cynthia a su ordenador aquel día. Las preguntas la asaltan. ¿Qué habría pasado si hubiera aceptado ayudarla?

Salma interrumpe sus cavilaciones. Solène no es responsable de la tragedia, como tampoco lo son las mujeres del palacio. Lo que ha matado a Cynthia no es el ruido de los pasillos, ni los cochecitos de las tatas, ni siquiera el estudio que pedía a voz en grito y nunca obtuvo. Lo que la ha matado es el amor que nunca recibió. Es el vacío de la infancia, esa carencia que no tuvo remedio. Ese abismo que nada ni nadie pudo tapar, ni siquiera el amor de un hijo, ni siquiera las drogas más duras. Se puede cambiar de habitación, cambiar de barrio, de ciudad o de país, pero la desdicha la lleva uno consigo a todas partes, dice Salma.
La falta de amor, eso es lo que ha matado a Cynthia.
Ése el único culpable.

Las mujeres se reúnen en la antigua capilla para rendir homenaje a Cynthia. Se suceden para recitar oraciones por ella. Oraciones en todas las lenguas, de todas las religiones.

182

El velatorio se organiza en la gran sala común. Solène no tiene valor para marcharse a casa. Se queda con las residentes y las empleadas. Siente que su sitio está allí, entre ellas. Encienden velas. Improvisan una cena en platos de cartón y sirven té. Cantan canciones y hay quien toma la palabra inesperadamente en mitad de una conversación. Alguien incluso lleva una guitarra. Organizan una colecta para pagar el entierro y otra para el hijo de Cynthia. Circulan sendas cajas de zapatos, en las que cada una deposita lo que quiere. El velatorio dura toda la noche. No es un velatorio silencioso sino un tanto agitado, anárquico y confuso. Como la propia Cynthia.

Sentían la necesidad de hablar, de compartir, de pensar en la que ya no estaba, en la rebelde, en la rabiosa, la que no apreciaba a nadie y molestaba a todo el mundo. Pese a su violencia y sus desmanes, Cynthia era un miembro de pleno derecho de la comunidad. La hermana pequeña sacrificada. La más escandalosa, la más insolente, la más insoportable. La más desesperada.

Solène deja el hogar al amanecer, muerta de cansancio y de pena. A la luz gris del alba, el palacio ofrece un aspecto diferente. Ya no es la fortaleza de líneas tranquilizadoras, el refugio, el navío que recoge a las excluidas de la sociedad. Ya no es el Arca de Noé, sino un barco que hace agua. Uno de sus rescatados se ha ahogado. Se ha transformado en una tumba.

Los gritos de Cynthia jamás volverán a resonar en la gran sala. Amenazada con la expulsión, la joven encontró la forma de escapar. «No me echéis, me voy yo.» Para ella ya no habrá salvación ni esperanza, piensa Solène. Sólo la muerte, que viene, te coge de la mano y te invita a bailar en la oscuridad.

25

Solène lleva tres días sin salir de casa. Ya ni siquiera baja a la panadería. No ha respondido a los mensajes de Léonard, en los que se mostraba inquieto. Tenían que verse como todos los meses para hacer balance de su trabajo. Solène no acudió a la cita ni se molestó en cancelarla. ¿Para qué? No tiene ganas de oír la voz jovial de Léonard, de soportar su entusiasmo forzado. Ya no aguanta a esa gente que está bien, siempre bien. Que se quede con su despacho atestado, sus dinosaurios de arcilla y sus dibujos.

En realidad, no conocía a Cynthia. Sólo habló con ella una vez, el día de su discusión. Sin embargo, su muerte la ha conmocionado. ¿Por qué ese abatimiento? ¿Por qué tanta pena? No lo entiende.

De repente, surge la imagen. Aparece ante ella con una claridad aterradora. El cuerpo de Arthur Saint-Clair, destrozado sobre las losas de mármol del Palacio de Justicia.

La muerte en su camino, otra vez. La muerte decidida, elegida, de aquellos a quienes no pudo ni supo ayudar. La desaparición de Cynthia le devuelve la de su cliente, como un *boomerang* que regresa a ella a toda velocidad. Le devuelve el sentimiento de impotencia, de culpa, el vacío abismal que se abrió bajo sus pies. El espectro de la depresión reaparece. Solène siente sobre ella su aliento glacial, sus dedos helados tratando de arrastrarla.

El psiquiatra le mintió. El voluntariado no ha servido de nada. Solène ha vuelto a caer en un pozo. Se creía curada. Se equivocaba.

Léonard la vuelve a llamar. Ante su insistencia, Solène acaba descolgando y respondiendo con voz débil. Le habla de la muerte de Cynthia y de su propia angustia. La tragedia ha puesto fin a sus ilusiones. Le coloca delante de los ojos los límites de su compromiso. Es una verdad muy amarga. Cynthia tenía razón, las palabras no sirven para nada. No serán ellas las que cambien el mundo. Las de Solène, desde luego que no.

No quiere seguir con el voluntariado. Llamará a la directora del palacio para comunicarle su decisión. No está hecha para ese tipo de luchas. No sabe qué hacer con la pena de esas mujeres, con esas vidas destrozadas que chocan con la suya y la abollan aún más.

Ha intentado protegerse, seguir los consejos de Léonard. La clave está en la distancia, le dijo. No se puede cargar con los dramas de todos los que acuden a confiarse a ti. Hay que saber protegerse. Solène es incapaz de ponerse un caparazón al entrar en el palacio y quitárselo al salir. No tiene el alma de una tortuga o un crustáceo. Su coraza hace agua, es un colador.

Sí, ha conseguido victorias, victorias mínimas que la han llenado de alegría. Granos de arena barridos por la muerte de Cynthia. Pero Solène ya no tiene energía para seguir luchando. Los vientos contrarios soplan demasiado fuerte. Entre las paredes del hogar, tan acogedoras, se creyó capaz de ayudar a esas mujeres, de desafiar a la miseria. Vanidad. No es más que un colibrí, un pajarillo insignificante con el pico demasiado pequeño que se afana inútilmente en medio de un incendio.

Retomará el Derecho. No como abogada, porque tendría la sensación de retroceder. Cualquier cosa antes que volver a vivir el estrés del bufete. Pero puede solicitar un puesto de docente en la universidad. Ejercer como profesora, como sus padres. No es el terreno de juego con el que soñaba, pero sus sueños, al fin y al cabo, no la han llevado a ninguna parte. Menciona la novela que se había prometido escribir. Y confiesa que no es capaz. Sabe encontrar las palabras para los demás, pero, cuando es ella la que las necesita, no acuden. Le falta inspiración. Tiene que aceptar que no está hecha para eso.

Léonard la ha escuchado sin interrumpirla. Tras un largo silencio, se queja del frío. Está en la calle, justo abajo, delante del edificio en el que vive Solène, con unas napolitanas de chocolate. Aceptaría encantado un café o un té, si lo invita a subir.

Están un buen rato hablando en el salón, sentados en el sofá. Léonard ha comprendido de inmediato que la partida estaba perdida, que nada de lo que pudiera decir cambiaría la decisión de Solène, quien, por primera vez, se muestra tal como es. Revela su fragilidad, habla del *burnout*, del suicidio de Arthur Saint-Clair, que hizo dar un vuelco a su vida. Desvela todo lo que calló durante su primer encuentro con él. Ya no tiene nada que perder, nada que esconder.

Su franqueza emociona a Léonard, que estaba lejos de imaginar lo que Solène había vivido. Le confía que años atrás, cuando su compañera lo dejó, él también se vino abajo. Cuando se conocieron, ella tenía dos hijos pequeños. Léonard los quiso, cuidó y crió como si fueran suyos también. Vivió diez años de felicidad junto a ellos, antes de que se los arrebataran. Es un hecho: la sociedad no prevé nada para los padrastros y las madrastras abandonados. Ni custodia ni visitas. Sin vínculo de parentesco con el niño, no tienes derechos. No existes. Te borran, desapareces de su historia como una silueta que se desvanece en una foto antigua, como una cara cuyas facciones cuesta recordar. Léonard confiesa la desesperación, las ideas negras que lo asaltaron. Con la separación no sólo perdió a una compañera, sino también una familia. Quedó huérfano. De su antigua vida no le queda nada, salvo los dibujos que le dejaron los niños. Diez años reducidos a tres trozos de papel.

Sentada junto a él en el sofá, Solène escucha sus confesiones. Lo comprende muy bien. Ella también es una superviviente de la soledad. Conoce el vacío y el silencio. Los pisos en los que te pierdes por falta de alguien con quien hablar. La angustia que se apodera de ti al caer la noche. El desconsuelo de despertarte sola por la mañana. El miedo a los fines de semana y las vacaciones, que no son más que un encadenamiento de largos días a solas durante los que matas el tiempo, por no matarte tú. La sensación de que la vida se te escapa entre los dedos, como arena. Como un tren al que no puedes frenar, al que no elegiste subir.

Sí, Solène sabe de lo que habla el responsable de la asociación.

Léonard se dispone a marcharse. Respeta la decisión de Solène en cuanto al voluntariado. No tiene consejos que darle. Sólo la anima a perseverar en su novela. Si la inspiración no llega, quizá se deba a que aún no ha encontrado su tema. Las palabras son mariposas frágiles y caprichosas. Para atraparlas, necesitas la red adecuada.

Le desea buena suerte en su caza de los lepidópteros y le da las gracias por el té. Y por las horas que ha dedicado al palacio. Hay que ser valiente para llegar hasta allí, para cruzar esas puertas, para ganarse un lugar entre esas mujeres. Solène ha demostrado empatía, generosidad, paciencia. Puede que sólo sea un colibrí, pero tiene unas alas enormes.

Si cambia de opinión, que no dude en llamarlo. Ya sabe dónde encontrarlo.

Solène lo ve irse, tocada. Sus palabras la han descolocado. Sorprendentemente, no ha intentado convencerla para que volviera al palacio. Léonard, siempre tan insistente, hoy la deja sola con sus preguntas.

Va a sentarse a la cocina y coge el tarro de las gominolas. Dentro guarda todos los regalos de Sumeya. El bote de mermelada se ha llenado al ritmo de sus visitas al palacio. Una gominola por sesión.

A Solène le encantan las gominolas, pero éstas no las ha tocado. Las ha guardado como quien guarda un tesoro. Esa tarde, en la soledad de su piso, abre el tarro y empieza a comérselas una tras otra. Cada una le trae a la memoria un momento vivido en el Palacio de la Mujer.

Piensa en Binta, en Salma, en Viviane, en Cvetana, en Iris, en la Renée, en todas las mujeres a las que ha conocido allí. Piensa en las clases de zumba, las tazas de té, el velatorio de Cynthia, en todos esos momentos compartidos. Con los ositos de goma, las botellitas de Coca-Cola, las monedas, los regalices rellenos, las fresas ácidas, los huevos fritos, las nubes, los pitufos, los cocodrilos, vuelven los sabores de la vida. Son dulzones, picantes, empalagosos, demasiado ácidos, pero ahí están.

Solène se dice que para Cynthia es tarde, demasiado tarde. Su muerte es injusta, intolerable, inaceptable. Por cada Sumeya salvada, ¿cuántas se habrán ahogado?

Es demasiado tarde para ella, pero no para otras. Las calles están llenas de mujeres heridas. No hay que ir muy lejos para encontrarlas.

Precisamente cerca de allí hay una.

Abajo, de rodillas delante de la panadería.

26

Se llama Lily.

Aurélie, en realidad, pero odia el nombre que le puso su madre. Lily tiene más estilo, es chic. Te hace destacar.

Cuando Solène la aborda delante de la panadería para invitarla a un café, la joven sin techo no disimula su sorpresa. Llevan semanas viéndose, pero nunca han hablado de verdad. Solène le da unas monedas, de vez en cuando un cruasán. Le da los buenos días sonriendo. No es mucho, pero ya es algo. Un esfuerzo que otros no hacen.

Solène la lleva a la cervecería de la esquina. Lily tiene hambre. Pide una hamburguesa con patatas fritas y mucho kétchup, le dice al camarero, le encanta el kétchup. Un poco intimidada, responde a las preguntas de Solène mientras devora la comida. Tiene diecinueve años, casi veinte (los cumple el próximo 9 de diciembre). Dice que, a diferencia de muchos, tiene ganas de ser mayor: a los veinte no tienes derecho a nada. Pertenece al grupo de los «ninis», una expresión inventada por los sociólogos para etiquetar a los jóvenes que, como ella, ni estudian ni trabajan. Lily descubrió la denominación en el periódico sobre el que se arrodilla todos los días para pasar menos frío.

No tiene inconveniente en contarle su historia. Una infancia en una ciudad pequeña con una madre exuberante y posesiva, histérica, dirían algunos. El padre de Lily no tardó en comprender que estaba de más y se marchó. Al principio iba a ver a su hija los fines de semana o los días que tenía fiesta. Luego renunció. Le habría gustado llevársela de vacaciones, pasar tiempo con ella, pero la madre siempre se oponía. Aquella niña que había llevado en su vientre y traído al mundo le pertenecía. Era un objeto de su propiedad, un trofeo. «Mire qué hija tan guapa tengo, mire», decía.

Lily creció pugnando por respirar entre las dos habitaciones del pisito familiar y la pastelería que había heredado su madre. Aunque no le faltó el cariño, a menudo le faltó el aire. El amor materno la ahogaba, la absorbía totalmente, la devoraba. No conocía la frontera entre el «yo» y el «tú». Madre e hija dormían en la misma cama y compartían la ropa y los zapatos. Su madre tenía pocos amigos. «No necesito nada más, tú me bastas. Estamos bien así», le decía. Y Lily la creía.

Aquel amor la aplastó, la destrozó.

Cuando se hizo mayor, Lily se volvió guapa. Y, por desgracia, empezó a gustar. Algunos hombres iban a la pastelería más a menudo. Otros remoloneaban delante de los pasteles cuando atendía ella. Cuando su madre sorprendía sus miradas insistentes sobre el cuerpo de Lily, la mandaba al obrador a vigilar la cocción de los buñuelos. Sus celos iban unidos a una especie de apropiación. Un tercero estaba excluido de su relación con su hija.

Y un día apareció Manu. Lily lo conoció en el instituto de FP donde preparaba el certificado de aptitud en Pastelería. Se enamoró de él nada más verlo. Con él descubrió la libertad. Se escapaba por las noches para irse de fiesta con él y bailar hasta las seis de la mañana. A Lily le gustaba la despreocupación de Manu, aquella manera suya de vivir sin pensar en el mañana.

En su ausencia, su madre se hacía mala sangre. Trataba de impedirle que saliera, le hacía chantaje, la amenazaba con dejarla sin comer. «Desconfía, no te quiere», le decía. Lo aborrecía, no le veía más que defectos, lo atacaba a la menor oportunidad.

Lejos de desanimarla, esas críticas cada día alejaban más a Lily de la órbita materna. Al ver que estaba perdiendo la partida, su madre cambió de estrategia. Invitó a Manu a cenar e incluso le propuso contratarlo en la pastelería en verano. Parecía decidida a hacer las paces. Lily, encantada con el cambio, no desconfió.

Un día que había salido a entregar un pedido, Lily volvió antes de lo previsto. Encontró a su madre y a

Manu en la trastienda de la pastelería, abrazados y medio desnudos. Lily jamás podrá olvidar la expresión de su madre. En sus ojos no había apuro, sino una especie de regodeo, de afán de revancha. Y de odio.

Lily no dijo una palabra. Cogió sus cosas y el primer tren a París. Y no volvió a dar señales de vida. Traicionada y herida por partida doble, buscó refugio en casa de una prima, que la acogió una temporada y luego le pidió que se fuera. Acababa de conocer a alguien y necesitaba intimidad. Lily no se lo tuvo en cuenta. Fue de sofá cama en sofá cama, pasando de una relación efímera a otra, hasta que se encontró en la calle.

Trabajos, buscó. Lo que sobra en París son pastelerías, se decía. Pero no tardó en desengañarse y comprender que el sector estaba saturado. Uno de los pasteleros a los que le dejó el currículum había recibido treinta cartas de candidatos a aprendiz. Sólo podía coger a uno. «Con tanto programa de cocina en la televisión, cada vez hay más gente con vocación, pero el mercado no da para más», le explicó. Incluso los establecimientos más prestigiosos pasan dificultades, debido a la competencia de las pastelerías industriales.

La búsqueda de empleo de Lily se convirtió en un largo túnel directo a la precariedad. Intentó reanudar el contacto con su padre, sin éxito. Había rehecho su vida en el extranjero, en Bali, le pareció entender por teléfono.

Lily recuerda la primera noche que pasó al raso. Era junio. No tenía suficiente dinero para pagarse una pensión. No hacía demasiado frío, así que se instaló en un banco. Sólo por esta vez, se dijo.

«Esta vez», se repitió al día siguiente, y los que vinieron después.

«Esta vez» ha durado meses.

¿Regresar al lugar del que vino? Sí, claro que lo ha pensado. Pero no quiere volver a ver a su madre. Ha hecho borrón y cuenta nueva de su vida anterior. En la pequeña ciudad en la que nació le daría mucha vergüenza mendigar. No soportaría encontrarse con algún conocido. Al menos allí es anónima. Una de tantas, en la calle.

Se había jurado que nunca pondría la mano, que no llegaría a ese extremo. Pero tuvo que resignarse. Del frío puedes protegerte, pero contra el hambre no se puede luchar. Te retuerce las tripas y te forma un nudo en la boca del estómago. Llevaba dos días sin comer. Así que se tapó con el trozo de cartón en el que había escrito AYÚDENME y lloró. Nadie vio sus lágrimas. No quería mostrarlas. Eran lo único que le quedaba de su dignidad.

Bien pensado, su vida parece un cuento de hadas al revés. A Lily le gustaban los que le contaba su padre cuando era niña. Los finales, invariablemente felices, la tranquilizaban. Pero en el suyo no se decía nada de «y comieron perdices». La princesa se ha transformado en una sin techo. El zapato de cristal ya no es más que una zapatilla de deporte vieja y agujereada a fuerza de patear el asfalto. El reino de Lily es una sucesión de bulevares. Su castillo, una acera barrida por el viento. Su corona, un gorro de lana, que le oculta el pelo enredado. Su vestido es una superposición de mallas y pantalones (para evitar que se la roben, decidió llevar toda la ropa puesta). Sus compañeros no son los graciosos ratones de los dibujos animados, sino las ratas, tan hambrientas como ella, que merodean de noche por los rincones en los que consigue refugiarse.

Una amiga a la que conoció en la fundación Los Restos du Coeur le aconsejó que se maquillara y fuera a discotecas. Lily tiene diecinueve años y es atractiva. Los encuentros de una noche no duran, pero al menos duermes en una cama y, con un poco de suerte, incluso te dan de desayunar. Lily lo hizo un par de veces. No lo soportó. Se sintió sucia, manchada, con una mancha que ninguna ducha podría limpiar. Prefiere mendigar antes que prostituirse por una cama y un café.

Por lo general, la gente del barrio es bastante amable. Lily junta todos los días dinero suficiente para comer. Y hay hadas buenas. Nanou, la cocinera del restaurante de enfrente, que le deja usar el lavabo del local para que se cepille los dientes y se lave. O Fatima, la portera de un edificio cercano, que le dio el código de la puerta de entrada y hace la vista gorda cuando Lily sube a alguno de los sobreáticos que están vacíos. Por desgracia, desde hace algún tiempo la puerta no se abre. El código debe de haber cambiado y la portera probablemente se llevó un rapapolvo.

196

Cuando Solène le pregunta cómo ve su futuro, no contesta. Lo perdió de vista hace ya mucho tiempo. Se evaporó. El futuro es el pasado.

Tenía sueños. Y también talento: se lo dijeron cuando obtuvo el certificado de aptitud profesional. «Serás una pastelera excelente», le vaticinó el profesor que le entregó el diploma. Lily se sintió orgullosa.

Hoy los únicos pasteles que ve son los del escaparate de la pastelería frente a la que se sienta para mendigar. Tiene talento, sí, pero nadie lo ve. Nadie lo sabe.

Nadie salvo quizá Solène esa tarde.

Mientras escucha la historia de la joven sin techo, se le ocurre una idea descabellada. Concibe un proyecto absurdo, disparatado, descomunal.

Es un proyecto de revancha. Una revancha sobre la miseria. Solène no le dejará ganar la guerra. Ha perdido una batalla, ha perdido a Cynthia. Pero el combate no ha terminado. Subirá al cuadrilátero y peleará, se enfrentará a la desgracia. No habrá piedad. Será ojo por ojo, diente por diente.

Por cada perdida, una salvada.

Solène se lo promete a sí misma esa noche. Sacará a Lily de la calle para compensar la muerte de Cynthia.

Escribir cartas no será suficiente. Tendrá que tirar de su red de contactos, todos sus conocidos en el palacio. Rogar a la directora, a las trabajadoras sociales, a Salma, a las voluntarias, a las empleadas. Deberá ser valiente, paciente, tenaz. Pero la victoria no es imposible, lo sabe. Si el Ángel y la Renée lo consiguieron, ¿por qué no van a conseguirlo ellas?

Cynthia tenía razón. A veces las palabras no bastan.

Y cuando son insuficientes, hay que pasar a la acción.

27

Debemos tener fe en nuestro trabajo y nuestros métodos, creer que algo va a ocurrir, y ocurrirá.

WILLIAM BOOTH

París, 1926

Con la cabeza inclinada hacia atrás, Blanche mira la inscripción que hay grabada en la fachada: PALACIO DE LA MUJER. Luego le coge la mano a Albin, que está a su lado. Lo han conseguido.

Estas últimas semanas han trabajado sin descanso, prácticamente día y noche. La campaña de suscripciones se intensificó. Los Peyron multiplicaron los discursos, los artículos, las conferencias y los actos. Han logrado culminar unas obras gigantescas. El palacio ya no es una quimera, ahora existe. Está ahí, delante de ellos, majestuoso, adornado con el escudo y el lema SANGRE Y FUEGO del Ejército.

El Palacio de la Mujer se inaugura oficialmente el 23 de junio de 1926. El general Bramwell Booth se desplaza desde Londres para la ocasión. Esa tarde, unas dos mil personas se apretujan en el enorme salón de actos. Las personalidades del comité honorario se han situado en el estrado, junto al representante del presidente de la República. El señor Durafour, ministro de Trabajo e Higiene, expresa su «gratitud, admiración y reconocimiento» al Ejército de Salvación. Albin, agotado pero exultante, toma entonces la palabra. ¡Gracias a las suscripciones han reunido tres millones de francos! Y en ese momento, contra todo pronóstico, pide... el cuarto millón necesario para cubrir los gastos de la instalación, que superan ampliamente las previsiones. ¡La lucha debe continuar!

Blanche, junto a él en el estrado, piensa en la Mariscala, a quien conoció en Glasgow hace mucho tiempo, y en la pregunta que le lanzó: «Y usted, ¿qué va a hacer con su vida?» Le parece que la respuesta está ahí, entre los muros de ese hogar, en esa fortaleza dedicada a las mujeres desheredadas. Piensa en todas las que un día hallarán refugio allí y estarán a salvo. Piensa en las monjas que vivían en el convento y fueron expulsadas, y en las que están enterradas allí mismo, bajo sus pies.

Su rostro muestra las huellas de las batallas que ha librado, de las lágrimas que ha derramado, de las decepciones sufridas, de la ingratitud y el desprecio que tuvo que vencer. Blanche está de pie en su palacio, agotada pero viva, condecorada con sus cicatrices y cargada de trofeos.

Sus hijos están entre el público: tres chicos y tres chicas, todos miembros del Ejército, todos vestidos con el uniforme. Sus hijos son guapos. Y valientes. Lucharon en la Gran Guerra. Sus hijas se enrolaron muy jóvenes como oficiales. Dentro de unos años, Irène, la mayor, será nombrada comisaria, como sus padres, y los sucederá al mando del Ejército.

Evangeline ha acudido desde Inglaterra. Ahí está, la amiga de siempre, cuyo afecto por Blanche nunca ha disminuido. Sigue soltera; se ha mantenido fiel al juramento que las unía.

Blanche también ve a Isabelle Mangin, su «Manginette», como se ha acostumbrado a llamarla, la modistilla de la rue du Quatre-Septembre que se alistó en el Ejército al mismo tiempo que ella. Juntas soportaron la dureza de los inicios, el hambre, el frío. Rieron y lloraron. Blanche ha decidido confiarle la dirección de su palacio a su aliada de los viejos tiempos, a su soldado fiel. En sus manos, este navío enorme no corre peligro de extraviarse.

A principios de julio, el palacio abre las puertas a sus primeras residentes. Entre ellas, Blanche reconoce a la joven madre a la que encontró tiritando con su bebé bajo la nieve en un refugio improvisado. Sobrevivieron alojándose en una pensión y alimentándose cada noche con el caldo que distribuye la Sopa de Medianoche. La joven le sonríe en el vestíbulo del palacio con su hijo en los brazos, y esa imagen es para Blanche la de la victoria, la de la victoria auténtica, la única digna de interés.

201

Aunque el momento de gloria ha llegado, la guerra no ha terminado. Los Peyron regresan al frente. Blanche tiene otro proyecto: una Casa de la Madre y el Hijo. En cuanto a Albin, trabaja en la idea de una ciudad refugio en el decimotercer distrito, cuyos planos quiere encargar al arquitecto Le Corbusier.

El 7 de abril de 1931, la Asociación de las Obras Francesas de Beneficencia del Ejército de Salvación es declarada de utilidad pública. La organización de William Booth, escarnecida durante tanto tiempo, recibe un reconocimiento unánime.

El 30 de ese mismo mes, en la gran sala del palacio, Blanche recibe, a continuación de Albin, el título de Caballero de la Legión de Honor. Ese día es también su cuadragésimo aniversario de bodas. Lo celebran con todos sus hijos y sus nietos.

Sin embargo, las celebraciones duran poco. La salud de Blanche se deteriora súbitamente. Poco tiempo después, el doctor Hervier le diagnostica un cáncer generalizado. Blanche recibe la noticia con entereza. Prefiere no decir nada, está decidida a mantenerlo en secreto. Hasta el final, rechaza la morfina y los medicamentos que le ofrecen. Ha combatido con orgullo toda su vida, no es cuestión de flaquear ante la eternidad.

Albin permanece a su lado hasta el último instante. La cuida día y noche.

Cuando siente que las fuerzas abandonan a su mujer, se acerca y le murmura las palabras que le escribió hace mucho tiempo, hace toda una vida, al poco de casarse. Blanche había recibido la orden de partir de gira a Estados Unidos. «Te conservo a mi lado del mismo modo que tú me llevas contigo.»

Albin susurra esas palabras por última vez a la mujer con la que ha compartido su vida. Su «ángel combatiente», que está a punto de abandonar las armas; su «sol», que nunca ha dejado de brillar pero que se apaga lentamente esa tarde de mayo. Le dice que ha luchado bien, que ahora tiene derecho a descansar. Le promete que la sobrevivirá, pero sólo unos años, el tiempo necesario para culminar su obra, para construir esos otros palacios que han imaginado juntos.

De pronto, Blanche está ahí. De pie frente a él. Ya no es ese cuerpo debilitado y moribundo, sino una joven oficial de veinte años, orgullosa y decidida, en el camino de tierra. Mira a Albin y sonríe antes de subirse al velocípedo.

En ese momento, le suelta la mano y se eleva hacia la luz.

Blanche se apaga el 21 de mayo de 1933. Vistiendo el uniforme del Ejército de Salvación, parte hacia otros cielos para iniciar otras luchas.

La ceremonia fúnebre tiene lugar el 24 de mayo en el gran salón de actos del palacio. Albin no puede concebir que el último homenaje a su mujer se celebre lejos de aquellos muros. Si ciertos combates merecen un ejército, el de Blanche se ha materializado allí por entero. Ella está allí, en aquel edificio que muestra por sí solo la fuerza de su compromiso. Albin hace cubrir las paredes con colgaduras blancas: no quiere nada negro, ningún color oscuro ese día. Ni flores, ni ramos, ni coronas. Blanche no habría querido ese tipo de ostentaciones.

El único ramo que adorna el ataúd es el de una niña de siete años que se ha acercado para depositar encima un puñado de flores silvestres que ha cogido ella misma. Esa niña es el bebé al que Blanche quiso salvar del abismo construyéndole un palacio.

Todas las residentes asisten a la ceremonia. Incluso las más ancianas, a las que han tenido que ayudar a andar. Han dejado las plantas, las habitaciones, las cocinas, los pasillos y han bajado la gran escalera. Llegan a ser cientos en la enorme sala de la planta baja, destinada a los árboles de Navidad y las celebraciones. Está abarrotada, no todo el mundo ha podido entrar. La multitud lo llena todo, el vestíbulo, la gran sala común, incluso la calle. Están presentes todas las religiones, tienen cabida todas las ideologías. Salvacionistas, protestantes, judíos, católicos, librepensadores, amigos, admiradores, escritores, sabios, altos funcionarios, políticos, mujeres de la alta sociedad, obreras, prostitutas... Todas las clases sociales están representadas, desde los más poderosos hasta los más necesitados.

La muchedumbre permanece de pie durante la oración fúnebre. Luego, el cortejo se pone en marcha en dirección a la Gare de Lyon. Albin y sus hijos llevan el ataúd. En las calles reina el silencio y los automovilistas ven pasar esa procesión extraña en la que se mezclan indistintamente prefectos e indigentes.

Blanche es inhumada en Saint-Georges-les-Bains, en Ardèche, adonde le gustaba ir a reponer fuerzas. En ese «templo al aire libre», como solía llamarlo, su tumba mira hacia el sol naciente. Siguiendo su última voluntad, tiene grabadas las palabras de Job que tan queridas le fueron toda la vida:

«Arroja al polvo tu oro
y el metal de Ofir a los guijarros del torrente.»

El cuerpo de Blanche reposa en esa última morada, pero su alma está en otro lugar, Albin lo sabe. Está en ese refugio, en sus paredes, en su salón de actos, en sus habitaciones, en cada rincón del palacio. Está en cada mujer que vive en él, en todas las que un día irán a refugiarse en él. La Historia no recordará el nombre de Blanche Peyron. El mundo olvidará quién fue. Pero eso importa poco, ella no vivió para la gloria. Sin embargo, algo suyo sobrevivirá. Su palacio. Desafiará al tiempo y los años. Ésa es su posteridad. Lo demás no le interesaba.

A decir verdad, lo demás nunca le interesó.

28

Llega unos días antes de Navidad. Un sobre largo y delgado, de mayor tamaño que los que se utilizan para los envíos corrientes. Salma lo ha visto enseguida entre el fajo de cartas que han entregado en el palacio esa mañana. Se ha fijado en la letra elegante, el trazo esmerado de las mayúsculas, el gramaje noble del papel.

Una carta enviada al palacio a la atención de Solène.
Procedente de otro palacio, habitado por testas coronadas, lejos de allí.

Cuando Salma se la ha dado, Solène ha adivinado al instante lo que contenía. Ha soltado una risa de incredulidad, sonora y franca, que ha inundado la recepción y la sala común. Por un instante, el palacio se ha hecho eco de su alegría, arrojada a la cara de la desdicha como un puñado de confeti. Hacía mucho tiempo que Solène no reía de ese modo.

No ha abierto el sobre, no se ha sentido autoriza-
da. Ha recorrido los pasillos a toda prisa, impaciente por entregársela a su destinataria. Ella sólo actuó
como intermediaria.

Cvetana estaba saliendo de su estudio cuando Solène ha aparecido con la carta en la mano, emocionada y
jadeante, excitada como una niña a la que acaban de
darle un regalo. Cvetana la ha mirado sorprendida y ha
cogido el sobre. Lo ha examinado y, al ver el membrete de «Buckingham Palace», lo ha metido en su carrito
y se ha ido sin decir palabra, sin darle las gracias. Solène se ha quedado en mitad del pasillo, desconcertada.

Luego se ha dicho que aquellas mujeres nunca
dejarían de sorprenderla. Y que, en el fondo, eso le
gustaba. Allí las reglas del juego no estaban claras,
las cartas se barajaban y repartían constantemente. La
vida se reinventaba.

Al llegar de nuevo a la sala grande, Solène ha visto a Binta en medio de un corro de mujeres. Arremo-
linadas a su alrededor, las tatas se pasan una fotografía
que todas comentan. Cuando Solène se ha acercado
a ellas, se han apartado. Binta la ha mirado con ojos
brillantes y le ha tendido la foto.

—Es él —le ha dicho—. Es mi hijo. Me ha escrito.

Solène ha cogido el retrato de Khalidou. Un chico de ocho años, guapo, fuerte ya y sonriente. La ha
inundado una ola de emoción. Las lágrimas han bro-
tado como dos pequeños torrentes que no ha podido
detener. Una de las tatas ha soltado un suspiro.

—Ya estamos... —ha murmurado—. Otra vez a llorar.

Y Solène ha sonreído al pensar que quizá nunca llegue a ser escritora ni una gran novelista, pero tiene una pluma. Sí, de eso está orgullosa: una pluma de colibrí al servicio de aquellas mujeres maltratadas por la vida, que sin embargo mantenían la cabeza alta, siempre alta, como la Renée.

Esta noche celebran la cena de Nochebuena en el palacio. La organizan en el salón de actos, que se abre para las grandes ocasiones. Hay un árbol decorado enorme y una mesa larga. Todas las residentes están allí, junto con la directora y los empleados: asistentes sociales, educadoras infantiles, contables, personal de mantenimiento, voluntarios... Solène también. Por primera vez ha declinado la invitación de sus padres a la tradicional cena familiar. A ellos les ha sorprendido. Solène les ha explicado que tenía otros planes para esa noche y que al día siguiente pasaría a darles un beso.

Ha telefoneado a Léonard para proponerle que la acompañara. No era una invitación del todo desinteresada. Necesitaba un voluntario para disfrazarse de Papá Noel y repartir los regalos a los niños. ¡Ahora le toca enredarlo a ella! Léonard ha reído y se ha apresurado a decir que sí, que sería estupendo disfrutar de un poco de compañía para esa fiesta que temía pasar solo.

Los platos y especialidades que han preparado las residentes se han distribuido a lo largo de la mesa.

Todas han puesto su granito de arena. Binta ha hecho su *foutti* y se ha puesto ropa de fiesta, un *bléénj* con los colores de Guinea. A su lado, Sumeya lleva el jersey que le tejió Viviane: no podía ponerse otra cosa. No muy lejos, la tejedora incansable continúa manejando las agujas; el invierno es duro y tiene varios encargos pendientes. Después de muchas negociaciones, la Renée aceptó al fin presentarse sin los capazos; por primera vez ha accedido a dejarlos en el armario. No obstante, confiesa que no está tranquila y que durante la velada irá a comprobar si siguen allí.

Las tatas han sacado sus caftanes de gala y se han puesto sus collares y joyas, que sisean a su alrededor como langostas diminutas. Sus ropas forman un arco iris, un torbellino de colores en medio del palacio. Yendo de una a otra, Cvetana exhibe orgullosa su autógrafo de la reina de Inglaterra.

—Lo hemos visto mil veces —le suelta una tata, irritada—. No des más la tabarra.

Iris está sentada al lado de Fabio. Parecen dos cómplices. Nadie sabe con certeza qué relación mantienen. Iris no ha contado nada ni a Solène ni a las demás. Da la sensación de que disfruta dejando que la duda planee. Sorprende a algunas residentes mirando con deseo al joven bailarín. Muchas estarían encantadas de caer en sus brazos. Pero parece que Fabio aún no ha elegido. Da igual. Hoy Iris está ahí, a su lado. Durante los próximos meses se enamorará de un profesor de inglés recién llegado y se olvidará de Fabio y de la zumba. «Así es la vida.» Así es el amor en el palacio.

En un extremo de la mesa hay una silla vacía y unos cubiertos libres, en homenaje a Cynthia. Para no olvidarla.

Con la voz teñida por la emoción, Zohra, la antigua mujer de la limpieza, pide silencio. Ha preparado un discurso con la ayuda de Solène. Después de cuarenta años de servicio, celebra sus últimas Navidades en el palacio. Ha llegado el momento de jubilarse. Y hay tantas cosas que le gustaría decirles a las residentes... Que han sido su familia a lo largo de todos estos años, sus hermanas, sus amigas, sus primas. Que le han dado mucha guerra, pero también muchas alegrías. Que la entristece dejarlas, pero se alegra de poder descansar al fin. Que irá de vez en cuando a tomar el té con ellas en la gran sala común.

Al final de la cena, Salma se sienta al piano de cola y toca un villancico. La música inunda el vestíbulo, los pasillos, todas las salas, todos los rincones del palacio. Salma toca bien. Aprendió a los diez años, cuando llegó allí. Durante los que pasó como residente, tuvo tiempo de practicar, dice, aunque el instrumento no siempre estuviera afinado.

Oyéndola, Solène piensa que aquella música, la del palacio, es muy singular. Desconcertante, sorprendente, disonante a veces, pero siempre poderosa, habitada. Léonard está junto a ella. Parece haber olvidado su melancolía de final de año. Da la sensación de que está contento de compartir ese momento con ella. Después de repartir los regalos a los niños se ha quitado el traje de Papá Noel. Solène ha visto cómo les brillaban los ojos a los pequeños. Sumeya ha recibido una muñeca, que está vistiendo mientras come trufas de chocolate. En ese momento, la mirada de Solène se encuentra con la de Léonard. Y ella se fija en su sonrisa por primera vez. Es guapo, se dice sorprendida. Tiene el atractivo de las almas heridas, de quienes han caído y se han vuelto a levantar.

Entonces se acuerda de una frase de Yvan Audouard que hay pintada en una pared no muy lejos de allí: «Bienaventurados los agrietados porque dejarán pasar la luz.» Esa noche la luz es intensa, el palacio refulge con mil brillos.

La cena acaba apoteósicamente con el tronco de Navidad de Lily. Cuando aparece, todos aplauden. Es un tronco magnífico, digno del palacio más exquisito. El profesor del curso de aptitud profesional estaba en lo cierto. Lily tiene talento.

De momento, la joven no reside en el hogar. La lista de espera es larga. Hay que tener paciencia. Sin embargo, para atender su situación de urgencia, la directora le ha encontrado una cama en el gimnasio, abierto gracias al Plan Grandes Fríos. No es ninguna maravilla, pero por algo se empieza. Lily ya no duerme a la intemperie. No volverá a la calle, se lo ha prometido la directora. Es uno de los principios del Ejército de Salvación: cuando das la mano a alguien, ya no lo sueltas.

Con su papel de Ángel, Solène se ha superado. Para su sorpresa, ha luchado encarnizadamente por Lily. Como una auténtica fiera, dijo Léonard, no menos sorprendido. Se ha sentido como si le crecieran alas, como poseída por una energía inusitada. Ignora de dónde saca esa fuerza nueva. ¿Le viene del palacio? ¿De la sombra de Cynthia, que planea sobre ella? ¿O será la de los miles de mujeres que han encontrado refugio allí desde que se creó el hogar? Dentro de unos años, el palacio celebrará su primer siglo. Cien años durante los que nunca ha dejado de cumplir su misión: ofrecer un techo a las excluidas de la sociedad. También ha pasado por dificultades, pero ahí está, como un faro en la noche, como una fortaleza, una ciudadela. Solène está orgullosa de formar parte de su historia. Aquel lugar la ha salvado también a ella. La ha ayudado a levantarse. Ahora está bien. Ya no necesita pastillas. Se siente útil, en paz. En su sitio, por primera vez en la vida.

Unas semanas después de la cena de Nochebuena recibe una llamada de la directora. Una de las tatas acaba de conseguir al fin la vivienda social que esperaba. Ha quedado libre un estudio. Lily podrá entrar oficialmente en el palacio.

Solène insiste en acompañarla. Quedan ante la escalinata. Juntas cruzan la puerta de entrada y avanzan hacia la recepción, donde las espera Salma tras su mostrador de formica. La recepcionista entrega a Lily una tarjeta magnética para acceder a su habitación y una llave del buzón. Lily se queda mirando el trocito de metal unos instantes. Tener una llave no es cualquier cosa. Es tener una vida.

Precedidas por la directora, toman la gran escalera que conduce a las plantas. Mientras suben, saludan a Cvetana, que no les responde. Se cruzan con la Renée y sus capazos, con Viviane, de punta en blanco y con las agujas en la mano, con Iris, que le está escribiendo un poema al profesor de inglés. Recorren el pasillo de las tatas, dejan atrás los estudios de Binta, Sumeya y las demás, pasan en silencio ante el de Cynthia y, por fin, se detienen frente a una puerta.

En ella hay una placa.
Y en la placa, un nombre. El de una desconocida: Blanche Peyron.

Más adelante, Solène buscará y descubrirá la historia de esa mujer, cuyo nombre la Historia borró. Una mujer que hace casi cien años luchó para que otras tuvieran un techo. Entonces, Solène sentirá que una corriente extraña la recorre. Y se dirá que al fin ha llegado la hora de escribir la novela. Contará la vida de Blanche, su obra y su lucha. No le faltará inspiración. Las palabras entrarán por sí solas en su red para mariposas.

Hoy Lily tiene veinte años. Es la última mujer que ha llegado al palacio. Ha encontrado un techo, un refugio, un puerto. Su vagabundeo ha terminado.

Ahora su vida puede empezar.

213

Ha llegado el momento de partir,
de puntillas, sin hacer ruido.
No me llevo nada conmigo.
No he hecho nada aquí abajo,
no he traído nada al mundo,
no he construido ni producido,
tampoco he engendrado.

Mi vida sólo ha sido una chispa breve y anónima
como tantas otras, olvidadas por la Historia.
Una llama minúscula y ridícula.
Pero no importa. Aquí estoy, íntegra,
en la oración que mis labios respiran.

Vosotras, las que vendréis detrás,
seguid luchando,
seguid danzando,
y no os olvidéis de dar.
Dad vuestro tiempo,
dad vuestro dinero,
dad lo que poseáis,
y lo que no tengáis.

Cuando suene vuestra hora,
alzaréis el vuelo hacia cielos desconocidos
y os sentiréis más ligeras.
Porque en verdad os digo:
lo que no se dé se habrá perdido.

Monja anónima
del convento de las Hijas de la Cruz,
siglo XIX

La autora quiere dar gracias de todo corazón a quienes han hecho posible la redacción de esta novela.

En el Palacio de la Mujer, a Sophie Chevillotte y a todo su equipo, especialmente a Stéphanie Caron de Fromentel y a Émilie Proffit, además de a Jérôme Potin, delegado del Defensor del Pueblo, y al conjunto de las residentes.

En el Ejército de Salvación, a Samuel Coppens y Marc Muller.

Un enorme agradecimiento a Juliette Joste, Olivier Nora y el equipo al completo de la editorial Grasset, por su confianza y su apoyo.

Gracias también a Sarah Kaminsky, Tuong-Vi, Georges Sarfati y Damien Couet-Lannes.

Y siempre, a Oudy.